Rita Roth
Adventskalender für die Liebe

Rita Roth

Adventskalender für die Liebe

Für meine Lieblingsmenschen …

und all jene,
die sich über einen persönlichen
Adventskalender freuen

Diese Geschichte ist frei erfunden.
Alle Namen, Personen und Begebenheiten entspringen der
Fantasie der Autorin. Ähnlichkeiten mit lebenden oder realen
Personen wären rein zufällig.

© 2017 by Rita Roth
Papyrus Autoren-Club
Pettenkofer Str. 16-18
10247 Berlin

Covergestaltung und Illustration: © Patricia Fertig,
www.textildesign-grafik.de
Coverhintergrund und Grafiken: Pixabay, Creative Commons CC0
Satz: Corinna Rindlisbacher, www.ebokks.de
Herstellung und Verlag: BoD - Books on Demand, Norderstedt
ISBN 978-3-7448-2956-4

In der Weihnachtsbäckerei

Fahles Mondlicht beleuchtet
Liebesspielchen in der Backstube.

Spritztüten erwachen,
schlecken an steifer Sahne
und füllen sich damit ab.
Juchzend versprüht eine vorwitzige Tüte ihre Creme.
Tortenguss umhüllt alles mit klebriger Glitschigkeit,
treibt süßen Schabernack und beobachtet die Hefe,
die sich schamlos gehenlässt.

Während die Hefe beim flotten Dreier mit Mehl und Milch
explodiert, flieht der Mixer
und kreiert den Cocktail »Kitchen Love«.

Wie ein Voyeur, hinter einer Wolke versteckt,
beobachtet der neugierige Mond
Paare bei wildromantischen Spielchen
unter Einsatz von Küchengeräten.
Hemmungslos nach dem Genuss
von Glühwein und Kitchen-Love.

Heiße Liebesgrübchen verschwinden in der Dose.
Das Fest der Liebe naht!

(Dies ist ein Drabble – eine Geschichte in 100 Worten)

Sternenzauber

»Komm erst mal rein in die gute Stube und zieh bitte deine Schuhe aus.« Lena drückte ihrer Freundin ein Paar dicke rote Wollsocken mit weißem Puschelrand in die Hand.

»In denen bekommst du ganz schnell warme Füße. Die habe ich selbst gestrickt, extra für dich, liebe Susan. Sind sie nicht schön?«

»Was du alles kannst! Ich frage mich wirklich, wann du das alles machst. Lena, du wirst mir langsam unheimlich.« Die Socken passten wie angegossen und sahen aus wie Nikolausstrümpfe für stylische Weihnachtsfrauen. Susan schlitterte über das helle Parkett hinter Lena her, in die große Wohnküche. »Hmm, lecker! Hier riecht es ja schon nach Weihnachten. Hast du etwa Plätzchen gebacken?«

»Na klar!« Lena machte eine Pause. »Und Socken stricken …, das ist doch nichts Besonderes.«

»Du nun wieder! Immer schön bescheiden, oder ist das Fishing for Compliments?«

Lena überhörte den Kommentar geflissentlich. »Spätestens ab Mitte November bekomme ich in jedem Jahr das große Kribbeln und freue mich, dass ich dann endlich loslegen kann. Das war schon immer so, aber seitdem Emma auf der Welt ist, macht es noch viel mehr Spaß. Es ist so goldig, wie sie sich freut, wie ihre Augen glänzen und die kleine Prinzessin immer wieder Neues entdeckt und mich mit Fragen löchert.«

Susan kramte in ihrem Beutel. »Für dich und Emma habe ich auch eine Kleinigkeit mitgebracht. Ich hoffe, es gefällt dir.

Ich fand das so süß und musste sofort an dich denken, als ich es gesehen habe.«

»Das ist aber lieb von dir und wäre wirklich nicht nötig gewesen.« Lena legte die Geschenke zur Seite, und machte sich an dem Punsch zu schaffen. »Heiß muss er sein und alles zum Glühen bringen!«

»Wie die Männer«, fügte Susan hinzu und lachte über ihren eigenen Witz.

Lena hatte schon alles vorbereitet, es konnte gleich losgehen.

»Du hast wirklich ein Händchen für schöne Dinge«, bemerkte Susan anerkennend und schaute sich um. Lena hatte die Fenster liebevoll geschmückt. Tannengrün und bunte Weihnachtsbaumkugeln ließen die ganze Wohnung fröhlich aussehen. Susan war hellauf begeistert. Lena hatte eine Schwäche für Sterne, genauso wie sie selbst.

»Vor ein paar Tagen habe ich erst angefangen mit der Deko, ich liebe die Weihnachtszeit mit ihrem ganzen Zauber drumherum. Unsere Emma bekommt jedes Mal große Augen, wenn sie wieder etwas Neues entdeckt. Die vielen Sterne findet sie ganz toll. Und die Engel erstmal! Wenn ich sie ins Bett bringe, muss ich ihr immer Gute-Nacht-Geschichten von Engeln, vom Christkind und von Weihnachten erzählen. Sie bekommt ja schon so viel mit und dabei ist sie noch nicht einmal zwei Jahre alt.« Wenn Lena anfing von ihrer kleinen Tochter zu erzählen, war sie kaum zu bremsen.

»Ich habe immerhin schon die Lichterketten und Weihnachtskugeln in den Umzugskartons wiedergefunden. Wir haben immer noch nicht alle Kisten ausgepackt. Irgendwie sind die Tage zu kurz.«

»Du magst doch Punsch mit Schuss, oder?« Ohne eine Antwort abzuwarten, rundete Lena den Glühpunsch mit etwas Hochprozentigem ab.

»Was für eine Frage? Du kennst mich doch! – Und was wollen wir heute machen, weshalb bin ich hier?«

»Du sollst mit mir anstoßen und dich einstimmen auf das Fest der Liebe. Und wenn du willst, kannst du mit mir Sterne basteln.« Lena hob die Tasse und Susan konnte ihr die Vorfreude auf das Fest schon ansehen.

»Auf das Fest der Liebe! Und …, vielen Dank für die Einladung. Es ist so schön, mal wieder bei dir zu sein. In deiner Nähe kann ich entspannen, du wirkst so zufrieden. Beneidenswert!«

Susans Blick glitt über das geordnete Chaos auf dem Küchentisch, den Lena zu voller Größe ausgezogen hatte. Papierstapel, Kleber, Stifte und Glitzerzeug lagen auf der einen Seite, am anderen Ende des Tisches stand eine Nähmaschine, umrahmt von diversen Stoffen, dazu jede Menge Bändchen in feinsten Nuancen von Weiß über Rosa, Rot, bis hin zu Lila.

***

»Ah! Jetzt verstehe ich, was du mit *Sternstunden* gemeint hast.« Kaum hatte Susan den Satz beendet, verfluchte sie sich für die Bemerkung. Das, woran sie gedacht hatte, passte in keinster Weise zu ihrer Freundin. Susan fragte sich, wie sie überhaupt darauf gekommen war und hoffte, dass Lena nicht weiter nachhaken würde.

»Na ja, es klingt doch viel schöner, als wenn ich *Sternebasteln* geschrieben hätte, nicht wahr? Womöglich hättest du dir dann eine Ausrede einfallen lassen und abgesagt. Woran hast du denn gedacht?« Lena sah Susan erstaunt an.

»Willst du das wirklich wissen?«, fragte Susan, ratschte mit ihrem Fingernagel über die Kanten des Sterns und merkte, dass sie rot wurde.

»Na klar!«

»Ich habe bei Sternstunden …«, setzte sie an und fügte entschuldigend hinzu: »Manchmal, geht meine Fantasie einfach mit mir durch.«

»Nun sag schon, so schlimm wird es ja nicht sein.«

»Naja, ich dachte an einen Mädelsabend, mit Spielzeug. Du weißt schon, Spielzeug für Erwachsene.« Susan wickelte eine Strähne ihrer dunklen Locken um den Finger und grinste wie ein angeschickertes Honigkuchenpferd.

»Also Susan!!! Du meinst doch nicht etwa eine Dildoparty? Also wirklich!!! Und das zur Weihnachtszeit! Als ob ich so etwas nötig hätte. Und du doch auch nicht!« Lena schüttelte den Kopf, manchmal war ihre Freundin echt peinlich.

»War ja nur so ein winzig kleiner Gedanke. Man nennt das übrigens Toy-Party und nicht Dildoparty. Klingt gleich viel seriöser, oder? Entschuldige Lena! Ich glaube, ich merke den Alkohol schon.« Kichernd faltete sie weiße und transparente Sterne für die Fenster in ihrem neuen Haus. Das erste Weihnachtsfest in den eigenen vier Wänden sollte besonders schön werden.

»Auf das Fest der Liebe und den Sternenzauber! Auch ohne Toys, wie du das nennst. Aber wenn wir mal einen Mädelsabend zu dem Thema machen würden, komme ich selbstverständlich auch.« Lena schenkte Punsch nach und packte Susans Geschenk aus.

»Ein Engel! Ist der süß!«, rief sie entzückt. »Und guck mal, der Heiligenschein sitzt total schief. Ob er wohl auf die schiefe Bahn geraten ist?«

»Meinst du, dass Engeln so etwas passieren kann? Das sind völlig neutrale Wesen und die sind immer lieb und anständig.«

»Ach ja? Du scheinst dich ja gut auszukennen mit Engeln?« Lena drehte den kleinen Metallengel zwischen ihren Fingern hin und her. Sie merkte, dass auch sie anfing zu glühen und albern wurde.

»Hier. Schau selbst.« Susan nahm ihr den Engel aus der Hand, drehte ihn um und zeigte unter das Röckchen aus Metall. »Sieh dir das an Lena, da ist nichts! Nicht einmal ein Unterhöschen hat es an. – Aber wozu auch? Es gibt ja nichts zu verbergen. Engel sind neutrale Wesen!!! Heilig und allzeit bereit, Gutes zu tun.«

»Wo du aber auch immer hinguckst. Susan, Susan! Hier, mach lieber noch ein paar Sterne. Versuch mal dieses Modell, das ist etwas schwieriger, dann kommst du nicht mehr auf dumme Gedanken.«

»Schon gut. Ich dachte nur gerade …«, murmelte Susan und schwieg.

»Hey Süße, was ist denn los? Was dachtest du gerade?« Lena merkte, dass Susan etwas auf dem Herzen hatte. Sie waren seit Jahren beste Freundinnen.

»Malte ist ein Engel«, flüsterte Susan kaum hörbar.

Lena unterbrach ihre Bastelarbeit und schaute ihre Freundin fragend an.

»Was hast du gesagt? Malte ist ein Engel? Wie meinst du das denn? Wir wissen doch alle, dass er das ist. So, wie er dich verwöhnt und dir jeden Wunsch erfüllt. Er ist schon etwas Besonderes.«

»Ja, das ist er. Allzeit bereit Gutes zu tun und ein Neutrum, ein Heiliger, ein Engel eben.« Eine dicke Träne tropfte auf das Seidenpapier. »Aber weißt du, wie langweilig das ist, mit einem Engel im Bett zu liegen? Ich wünsche mir von ganzem Herzen, dass das Teufelchen in ihm wieder zum Vorschein kommt. Er hat sich so verändert. Ich will ihn wieder so wie früher, bevor wir ständig auf unserm Bau herumgewerkelt haben.«

»Was ist denn auf einmal los, Susan? Erzähl mal, vielleicht fällt mir etwas ein.« Lena schob eine Packung Taschentücher über den Tisch und sah ihr Freundin ermunternd an. Dann widmete sie sich wieder dem Adventskalender, den sie für die kleine Emma basteln wollte.

Unter Tränen begann Susan, zunächst noch stockend, von der Flaute im Bett zu erzählen.

»Was soll ich denn noch tun? Malte hat überhaupt keine Lust mehr auf mich. Ich habe schon alles Mögliche probiert. Ich fühle mich überhaupt nicht mehr als Frau! Habe ich mich denn so sehr verändert, bin ich nicht mehr attraktiv? Ich habe das Gefühl, er

sieht mich gar nicht mehr, selbst wenn ich nackt putzen würde.«
Schniefend sah sie Lena an, die aus den bunten Weihnachtsstoffen ordentliche Rechtecke für die Beutelchen zuschnitt.

»Hast du schon einmal mit Malte darüber gesprochen?«

»Ja, habe ich. Malte vertröstet mich damit, dass seine Lustlosigkeit mit Sicherheit nur vorübergehend ist. Er schiebt es auf den Stress der letzten Monate und auf seine neue Position im Job. Und dann hat er mich ganz lieb in den Arm genommen und gesagt, ich solle ihn einfach ein Weilchen in Ruhe lassen. Stell dir das mal vor!« Wütend pappte Susan goldene Sterne auf das Papier. »Ich stand da, wie blöd, konnte überhaupt nichts mehr sagen, ich konnte ihm noch nicht einmal böse sein. Was soll ich denn bloß tun?«

»Ohje, das klingt ja nicht gerade gut.« Lena legte tröstend ihren Arm um Susan und ließ sie sich den Frust von der Seele reden. Die Tempotücher waren schnell aufgebraucht.

Susan erzählte von ihrer Freude über das schöne, neue Haus, in das sie so viel Zeit und Energie gesteckt hatten, und über ihre Enttäuschung, dass das Haus anscheinend ihre Beziehung geschafft hatte und von ihrer Angst, dass sich der Traum von Glück und Kindersegen langsam aufzulösen schien.

»Und? Hast du nun die optimale Lösung für mich, oder wenigstens noch einen Punsch?«, beendete sie ihren Monolog.

»Ne, leider noch nicht. Vielleicht fällt mir beim Nähen etwas ein. Dabei kommen mir oft die besten Ideen. Einen Punsch sollst du natürlich haben, allerdings nur noch ohne Alkohol, ich denke, das ist in deinem momentanen Zustand besser.« Lena versorgte Susan mit Sternchentaschentüchern, Schokolade und Getränken und nähte unbeirrt weiter.

»Ein Fest der Liebe wird das in diesem Jahr bestimmt nicht«, schluchzte Susan. Mit verheulten Augen starrte sie auf die Nähmaschine, die mit ihrem Surren die Stille unterbrach.

»Ich glaube, ich habe eine Idee!«, rief sie nach einigen Minuten in das Schweigen und putzte sich energisch die Nase. Lena schaute sie fragend an.

»Du musst mich deshalb aber nicht so erschrecken, die Naht ist jetzt ganz schief geworden! Na, dann erzähl mal!«

»Ich werde für Malte einen erotischen Adventskalender basteln. Weihnachten ist schließlich das Fest der Liebe. Ich mache einen Adventskalender für die Liebe!« Triumphierend sah sie ihre Freundin an. »Ich werde ihm jeden Tag etwas zum Naschen und ein Überraschungspäckchen in den Adventskalender tun. Vielleicht schreibe ich auch noch einen Brief dazu, oder einen Gutschein mit einer Fantasie. So etwas in der Art, denke ich, etwas fürs Kopfkino, weißt du.« Sie leckte den Zuckerguss von einem Zimtstern und holte Stift und Papier hervor.

»Zu einfach werde ich es ihm aber nicht machen. Er will schließlich, dass ich ihn in Ruhe lasse. Das soll er haben! Und er soll sich richtig ärgern über seinen dämlichen Wunsch, dass ich ihn für eine Weile nicht anfassen soll! Er darf die Adventsüberraschungen nämlich nicht sofort einlösen, sondern frühestens ab Heiligabend! Bis Weihnachten verkünde ich Enthaltsamkeit im Bett!!!« Triumphierend lehnte sie sich zurück und naschte einen weiteren Keks. »Malte hat dann Betriebsferien bis Anfang Januar. Und mein Urlaub ist auch schon genehmigt. Was sagst du nun?« Susan kritzelte Notizen auf einen Zettel und musste lachen, als sie Lena ansah, die ihr mit offenem Mund und rosigen Wangen gegenübersaß und fasziniert zuhörte.

»Wow! Ich bin sprachlos, was für eine verrückte Idee!« Lena machte eine Pause und schien nachzudenken. »Aber vierundzwanzig verschiedene erotische Ideen für den Adventskalender??? Das stelle ich mir ziemlich schwierig vor. Auf so etwas kannst auch nur du kommen!«

Die beiden Frauen waren Feuer und Flamme und der Punsch wurde wieder mit Schuss verfeinert. Susans Begeisterung wirkte ansteckend auf Lena und sie dachte darüber nach, ob sie für ihren Mann auch einen besonderen Kalender zusammenstellen sollte.

Gemeinsam überlegten sie hin und her, wie und womit sie den Adventskalender füllen könnten. Die ersten Ideen waren noch brav, wurden aber nach und nach etwas unanständig und manchmal sogar frivol. Mit Kopfkino vom Feinsten und einem Kribbeln an gewissen Stellen, trennten sich die Freundinnen.

»Die Weihnachtssocken darfst du behalten, die sind für dich. Bring sie doch beim nächsten Treffen wieder mit. Wir sehen uns doch spätestens am Dreikönigsfest, wie in jedem Jahr? Du musst mir dann unbedingt erzählen, wie dein Adventskalender angekommen ist und ob du es geschafft hast, nicht schwach zu werden. Wenn ich dich richtig verstanden habe, willst du Malte mit den Überraschungen ganz schön in Versuchung führen.« Lena hob den Becher.

»Darauf lass uns anstoßen. Auf das Fest der Liebe!« Die Weihnachtsfrauen prosteten sich ein letztes Mal zu.

»Ich schwöre bei deiner *Roten Socke*, dass ich standhaft bleiben werde! Egal, wie schwer es sein wird!«, verkündete Susan glücklich und verabschiedete sich mit vielen Küsschen und Umarmungen von Lena.

Gleich morgen fange ich damit an, dachte sie und lief durch den eisigen Novemberabend nach Hause. In ihrer Tasche hatte sie jede Menge Sterne und Weihnachtsstoffe, und in ihrem Kopf verwegene Fantasien.

***

Susan hatte die Beutelchen schnell genäht und mit Zahlen versehen. Wie sie den Inhalt gestalten sollte, bereitete ihr noch Kopfzerbrechen.

Gutschein für einen Wunschzettel, schrieb sie und zerriss das Papier sofort wieder. *So ein Quatsch, das geht ja gar nicht, ein*

Gutschein für einen Wunschzettel! Ich werde Malte am ersten Advent einfach mit meiner Idee überraschen.

Gutschein für …, schrieb sie auf vierundzwanzig Kärtchen und klebte Sterne und Herzen darauf.

1. Advent

»Wo hast du denn die ganzen Weihnachtssachen und die Lichterketten gefunden?« Malte zeigte auf die Fenster, die Susan weihnachtlich geschmückt hatte und lud sich ein zweites Stück Torte auf den Teller.

»Die lagen in den Kisten, die noch im Keller stehen. Nein, die im Keller gestanden haben«, verbesserte Susan sich. »Gefällt es dir? Es hat mir total viel Spaß gemacht, unser Haus festlich zu dekorieren.« Susan zündete die erste Kerze am Adventskranz an und suchte nach einer Gelegenheit, wie sie das Gespräch auf den Adventskalender lenken könnte.

»Du hast die Umzugskartons ausgepackt? Alle? Ich wollte dir doch dabei helfen.«

»Ich weiß mein Schatz. Aber du bist momentan so sehr im Stress. Das würde dann frühestens nächstes Jahr zu Weihnachten etwas werden. Ich konnte es nicht mehr mitansehen und ich hatte einfach Lust dazu. Außerdem hatte ich mir die Aktion noch für dieses Jahr vorgenommen.« Als sie ihre Hand bei diesen Worten auf Maltes Bein legte, spürte sie ganz deutlich, dass ihm selbst diese leichte Berührung schon zu viel war. Ob er befürchtete, dass sie sich gleich auf ihn stürzen würde?

»Susan, du hast das alles wunderschön geschmückt, es sieht ganz toll aus! Der dicke Kranz an der Haustür und die vielen Sterne, unser Haus wirkt richtig heimelig und einladend. Da hat sich die ganze Schufterei doch wenigstens gelohnt.«

»Auf alle Fälle hat sich das gelohnt! Wir müssen nur aufpassen Malte, dass unsere Beziehung, unsere Liebe dabei nicht auf der Strecke bleibt. Ich habe manchmal das Gefühl, dass dieses Haus unsere gesamte Energie gefressen hat.« Susan zupfte ein paar Nadeln aus den Tannenzweigen, hielt sie in die Flamme und fing an zu kokeln.

»Das mit uns wird schon wieder, gib mir ein bisschen Zeit. Ich habe ja bald Urlaub und bin sicher, dass unser Liebesleben spätestens dann wieder in Schwung kommt«, sagte Malte und zog ihre Hand von der Flamme weg.

Susan schmunzelte, als sie seinem wasserblauen Welpenblick begegnete und dachte: *Mein Mann ist ein Engel, ein Neutrum. Ich kann ihm noch nicht einmal böse sein. Ich liebe ihn viel zu sehr.*

»Kann ich dir bei deinen Vorbereitungen denn jetzt noch irgendwie behilflich sein?« So wie er sie ansah, stand ihm das schlecht Gewissen ins Gesicht geschrieben.

Susan überlegte einen Moment, es schien der passende Augenblick für ihr Anliegen zu sein. »Hm, ja. Das kannst du, lieber Malte. Ich habe eine besonders schöne, aber auch etwas ungewöhnliche Idee.«

»Okay! Was soll ich tun? Weihnachtsbäume fällen, oder bei deiner Freundin Lena den Nikolaus spielen?«

»Nein, nein, nicht so was Schwieriges. Es ist viel einfacher, ich habe es schon vorbereitet.« Sie reichte ihm ein aufgerolltes Blatt Papier. »Für dich, das musst du nur noch ausfüllen.«

»Das ist ja ein Wunschzettel!«, stellte Malte mit Fragezeichen in den Augen fest.

»Ja, Malte, das ist ein Wunschzettel für dich. Dreh ihn mal um und lies, was ich dazu geschrieben habe. Ich räume inzwischen das Geschirr ab.«

***

Mein liebster Malte,
in ein paar Wochen feiern wir das erste Weihnachtsfest in unserem Haus. Du weißt, dass ich die Adventszeit besonders gern mag. Ich liebe das Fest der Liebe, aber vor allem liebe ich dich und die

Zärtlichkeit und Erotik mit dir. Du hast mich gebeten, dich für eine Weile in Ruhe zu lassen und ich akzeptiere deinen Wunsch, auch wenn es mir mit Sicherheit nicht leichtfällt. Aber bis Weihnachten werde ich es irgendwie schaffen. Das Gleiche erwarte ich dann aber auch von dir!!!

Und nun zu diesem Wunschzettel! Ich hoffe, du bekommst nicht gleich einen Schreck, wenn du das liest.

Ich möchte dich bitten, deine Wünsche oder Fantasien in Sachen Liebe und Erotik aufzuschreiben. Ob die Wünsche letztendlich in Erfüllung gehen, steht in den Sternen. Bitte tu es! Tu es für uns, liebster Malte, für dich und für mich.

Du darfst ruhig alles aufschreiben, was dir in den Sinn kommt. Auch das, was du dich niemals zu sagen trauen würdest. Bestimmt hast du noch geheime Wünsche. Du musst kein Blatt vor den Mund nehmen, es darf auch mal etwas unanständig sein!!!

Schreib so viel auf, wie dir einfällt und wenn du fertig bist, leg den Wunschzettel auf die Fensterbank für die Weihnachtsfrau. Nach Möglichkeit bis zum ersten Dezember.

Ich liebe dich Malte und es ist mir eine Herzensangelegenheit, unsere Liebe zu bewahren und zu stärken. Lass uns gerne etwas Neues ausprobieren, auch im Bett.

Kuss, Deine Weihnachtsfrau Susan.

Gerührt las Malte den Brief und strich über das liebevoll gestaltete Papier. Sie hatte den Wunschzettel perfekt vorbereitet und Malte brauchte nur noch eintragen, was ihm in den Sinn kam.

Absichtlich trödelte Susan ein wenig in der Küche herum. Sie wollte ihrem Schatz genügend Zeit lassen, um den Brief in Ruhe zu lesen und den Inhalt zu verarbeiten. Mit unschuldigem Lächeln und zwei Gläschen Sekt kam sie zurück. Erwartungsvoll sah sie ihn an.

»Und?«, fragte sie und reichte ihm ein Glas.

Sein Blick verriet nichts. Ihr wurde unbehaglich, nun kam

sie sich doch ein wenig albern vor. War wohl doch keine so gute Idee!

»Meine liebe Weihnachtsfrau«, begann Malte nach einer gefühlten Ewigkeit, »wenn das Christkind mich so lieb bittet, meine Wünsche aufzuschreiben, kann ich doch gar nicht Nein sagen. Hoffentlich fällt mir überhaupt etwas ein.« Sein ernster Gesichtsausdruck wich einem amüsierten Kopfschütteln. »Du kommst aber auch auf Ideen!« Malte nahm Susan so liebevoll in den Arm, wie sie es schon lange nicht mehr erlebt hatte.

»Und du meinst das wirklich ernst, mit der Enthaltsamkeit bis Weihnachten? Kann ich mich darauf verlassen? Sicher?«

Susan schmiegte sich in seine Arme und genoss die Wärme seiner Hände, die zärtlich ihren Rücken streichelten. Sie wusste, wenn sie die Situation ausnutzen, und ihn jetzt verführen würde, dann wäre es mit dem Weihnachtszauber vorbei.

»Ich schwöre bei der roten Weihnachtssocke und dem Heiligen Nikolaus. Bis Weihnachten: Null Sex!«

Mit einem Kuss besiegelten sie das Versprechen und Malte flüsterte ihr ins Ohr: »Dann heb dir diesen Kuss gut auf. Oder zählt Küssen nicht?«

»Darüber habe ich mir ehrlich gesagt, keine Gedanken gemacht. Küssen ist doch kein Sex. Oder?«

»Wie wäre es denn mit einer Ausnahmeregelung? Wir könnten uns die Küsse für die Adventssonntage aufheben. Was meinst du, ist das gut?«, schlug Malte vor.

»Erst eins, dann zwei, dann drei, dann vier, dann steht das Fest der Liebe vor der Tür? Meinst du das so in der Art?«, scherzte Susan. »Einverstanden! Das gefällt mir.«

»Okay, abgemacht! Die Adventssonntage sind zum Küssen da!«

Susan hatte das unbestimmte Gefühl, dass Malte sie mit den Küssen auf die Probe stellen wollte. Es war seit Wochen das erste Mal, dass er sie wieder richtig geküsst hatte.

»Kein Sex bis Weihnachten!« Sie schauten sich tief in die Augen und hoben ihr Glas.

Nun kann das Fest der Liebe kommen, dachte Susan und sah ihrem Liebsten nach, wie er mit dem Wunschzettel in sein Arbeitszimmer verschwand.

Ach wie blöd, jetzt habe ich ihm gar nichts von dem Adventskalender erzählt! Spätestens am ersten Dezember wird er ihn ja sehen.

***

Susan bastelte in jeder freien Minute an dem Kalender. Sie steckte Süßigkeiten oder kleine Geschenke in die Beutelchen und verteilte die Gutscheine mit Bedacht. Als sie zufrieden war, befestigte sie die Säckchen an einem Ast, den sie zusätzlich noch mit Kugeln, Sternen und Glöckchen schmückte.

In der Küche hängte sie ihn auf, dort würde er Malte sofort ins Auge fallen. Für Susan war die Küche ein Raum der Begegnung und der Liebe, zumindest, wenn man dem Sprichwort glauben wollte, dass Liebe durch den Magen geht. Sie war voller Vorfreude, als sie den Adventskalender an der Wand hängen sah.

In den nächsten Tagen und Nächten hielt sie Ausschau nach Maltes Wunschzettel. *Als Weihnachtsfrau muss man Opfer bringen,* sagte Susan sich und stand in aller Herrgottsfrühe auf und fand schon bald, wonach sie gesucht hatte. Sie überflog die Zeilen erstmal, später wollte sie Maltes Wunschzettel in aller Ruhe lesen.

Zufrieden krabbelte Susan zurück ins warme Bett und kuschelte sich an ihren Malte. Die Adventszeit bekam für sie nun wieder etwas Geheimnisvolles.

1. Dezember

»Ist das wirklich alles nur für mich?«, fragte Malte und näherte sich mit ungläubigem Blick dem Adventskalender.

»Ja, mein Schatz! Darin steckt jeden Tag eine Überraschung für dich«, erwiderte Susan und fügte hinzu: »Ich habe hoffentlich auch etwas davon.«

Malte öffnete das rote Stoffsäckchen, holte einen zusammengefalteten Zettel hervor und sein Lieblingskonfekt, eine *Himmlische Kugel*. Es juckte ihn in den Fingern den Brief sofort zu lesen, aber in Susans Gegenwart traute er sich nicht. Er steckte den Inhalt erstmal ein, schnappte sich seine Arbeitstasche und verließ das Haus. Noch bevor er den Schlüssel ins Zündschloss steckte, las er den Adventsbrief.

Gutschein
für
die Erfüllung eines Wunsches
von Deinem Wunschzettel!

Welcher Wunsch sich erfüllen wird,
bleibt das Geheimnis der Weihnachtsfrau.
Und denk dran …,
immer schön brav sein, sonst gibt's keine Geschenke!

Auf dem Weg ins Büro musste Malte ständig an das denken, was er aufgeschrieben hatte. Ob Susan ihm wirklich einen Wunsch davon erfüllen würde?

***

Wunschzettel

Liebste Susan,
irgendwie weiß ich gar nicht, wie ich anfangen soll. Ich frage mich, was habe ich denn für Wünsche? Darüber habe ich mir seit Langem keine Gedanken mehr gemacht. Natürlich wünsche ich mir das, was sich wohl alle wünschen. Gesundheit, Liebe, Glück, Frieden in der Welt, genügend Geld und einen Job, der halbwegs Spaß macht.
Wahrscheinlich meinst du das aber nicht mit dem Wunschzettel, sondern meine erotischen Wünsche, oder? Ich weiß ja selber, dass die Erotik nach unserem Einzug viel zu kurz gekommen ist. Es fällt mir in letzter Zeit immer schwerer, nach der Arbeit abzuschalten. Früher war ich entspannt und relaxt, wenn wir Sex miteinander hatten. ;-) Ich wünsche mir ebenso wie du, dieses Glücksgefühl bald wieder zu erleben. Haben wir unsere Badewanne eigentlich schon richtig eingeweiht? Du weißt schon, wie ich das meine.
Erinnerst du dich, als wir das Bad geplant haben, waren wir uns sofort darüber einig, dass wir eine große Badewanne brauchen, in der wir beide bequem Platz finden? Wir hatten uns ausgemalt, wie es wäre, wenn wir beide zusammen im Schaumbad ...

Mein 1. Wunsch:
Ein romantisches Bad, zusammen mit dir!

Ich wünsche mir ein romantisches Bad, mit einem duftenden Badezusatz, vielen Kerzen, leiser Musik (du weißt schon, diese CD, die wir auf Norderney in der Milchbar so oft gehört haben!) und dazu einen Chai-Tee oder ein Glas Prosecco.

Du hast mal gesagt, dass du gern in Rosenblättern baden möchtest. Das stelle ich mir wunderschön vor, wenn die roten Blütenblätter auf dem Wasser schwimmen und unsere Nacktheit teilweise verdecken. Die Blätter schwimmen wie hingemalt auf den aufregendsten Stellen deines Körpers, und du hast dir vielleicht eine Rose ins Haar gesteckt und duftest sehr verführerisch. Im Wasser lassen wir den Alltag baden gehen. Wir tauchen ab und wir reden und küssen und kitzeln uns an den Zehen. Nach dem Bad verwöhnst du mich mit einem schönen Körperöl und einer Massage und wir lassen den Abend mit viel Zärtlichkeit, oder mit neu erwachter Leidenschaft ausklingen.

Ich möchte wieder deine Haut auf meiner Haut fühlen, dich liebkosen, dich spüren und dir ganz nahe sein. Mein Schatz, du weißt, ich bin manchmal ein romantischer Spinner, aber das ist ein Wunsch, der mir sehr am Herzen liegt. Wird er in Erfüllung gehen?

Wunsch Nr. 2:
Ein privates Fotoshooting

Meine geliebte Fotoausrüstung liegt immer noch im Karton in meinem Arbeitszimmer. Zum letzten Mal hatte ich sie in der Hand, als wir vor zwei Jahren im Urlaub waren. Vorhin habe ich sie ausgepackt und beschlossen, dass ich meinem Hobby wieder nachkommen werde. Und nun kommt mein Wunsch, den du, liebe Weihnachtsfrau, mir hoffentlich erfüllen wirst!

Noch immer bist du mein liebstes Fotomodell und ich würde dich gerne mit und auch ohne Kleidung fotografieren. Du hast richtig gelesen, ich möchte erotische Fotos von dir machen. Künstlerische Aktfotografie in schwarz-weiß!

Ich stelle mir beispielsweise vor, wie fluffiger Badeschaum sich auf deiner Haut auflöst, und die süßen Spitzen deiner Brust darunter erahnen lässt. Auch deinen Po würde ich sehr, sehr gerne fotografieren. Allerdings so, dass er nicht in seiner vollen Schönheit zu sehen ist. Eher so, dass deine Jeans heruntergeschoben ist und einen Teil deiner Pobacken und ein Stückchen des winzigen Strings freigibt.

Sehr ästhetisch finde ich auch Fotos, auf denen Wassertropfen auf der Haut perlen. Die Vorbereitungen dafür sind etwas aufwendig, aber ich habe mal gelernt, wie das geht. Bitte schenk mir einen Tag als mein persönliches Fotomodell. Ich werde Fotos von dir und mir knipsen, die wir uns immer wieder gern anschauen, auch wenn wir schon alt und grau sind. Liebste Susan, du bist so schön, ich möchte dein Bild nicht nur in meinem Herzen tragen!

Wunsch Nr. 3:
Gartenliebe

Du weißt, wie gern ich in der Natur unterwegs bin. Jetzt haben wir sogar einen großen Garten, der zwar noch nicht ganz fertig ist, aber immerhin schon ein Gartenhäuschen und einen Kaminholzunterstand hat, und sogar den ersten Gartenzwerg. Unser Grundstück ist kaum einsehbar, zu gern würde ich dich dort einmal verführen.

Wir könnten auch in den Geräteschuppen gehen, oder uns unter dem Schutzdach, wo das Kaminholz gestapelt ist, lieben. Oder in einer lauen Sommernacht auf unserer Terrasse. Unsere Loungemöbel sind superbequem und wir könnten in den Sternenhimmel schauen.

Da fällt mir gerade noch etwas Wildromantisches ein! Was hältst du davon, wenn wir unser altes Zelt im Garten aufschlagen und darin die Nacht verbringen?

Ich bin sicher, dir fallen dazu auch noch ein paar Ideen ein. Ich kann mich recht gut daran erinnern, dass du am Anfang unserer

Beziehung keine Gelegenheit für die Liebe in freier Natur ausgelassen hast. Das ist doch ein Wunsch, den du mir gern erfüllst, oder?

Nr. 4 – eine Fantasie:
Eine Fahrt mit einem Heißluftballon

Und nun kommt eine Fantasie von mir, die nicht ganz jugendfrei ist. Es ist kein Wunsch, sondern wirklich nur eine spinnerte, erotische Männerfantasie. Ich wundere mich selbst, dass sie mir jetzt wieder einfällt. Ich habe sie dir noch nie erzählt. Es ist eine Fahrt mit einem Heißluftballon. Nur du und ich und der Ballonfahrer.

Stell dir vor, es ist ein wunderschöner, warmer Sommertag. Ich habe eine Ballonfahrt gebucht und überrasche dich damit. Der Ballon steigt und steigt und irgendwann ist unter uns alles ganz klein und die Geräusche von unten sind weit weg. Sie werden immer leiser, bis sie gar nicht mehr zu hören sind.
Du trägst ein hübsches Sommerkleid. Du weißt schon, das Grüne, mit den weißen Punkten und dem schwingenden Rock. Dazu bequeme Sneaker und Söckchen. Deine Haare hast du zu einem Pferdeschwanz zusammengebunden. Da du ja meine süße Kleine bist, kannst du kaum über den Rand des Ballonkorbs schauen. Ich stehe hinter dir, halte dich an den Schultern und bin glücklich, diesen herrlichen Tag mit dir zu genießen. Der Wind streicht über unsere Gesichter und wir hören nichts, außer dem Geräusch der Flamme unter dem Ballon. Ich flüstere dir ins Ohr, wie aufregend es sein würde, hier in der Luft Liebe zu machen.
Du siehst mich ungläubig an, spürst dabei, wie erregt ich bin. Du lehnst dich an mich, schaust zu unserem Ballonfahrer hinüber und nutzt die Gelegenheit, dass er beschäftigt ist und uns nicht beachtet. Du greifst nach hinten, deine Hand krabbelt unter den Bund meiner Hose, zaghaft öffnest den Reißverschluss und ver-

wöhnst mich mit deiner warmen, kleinen Hand. Du säuselst: Über den Wolken, wird die Freiheit wohl grenzenlos sein. Lass uns die Aussicht genießen und gemeinsam abheben, flüsterst du, mit einem Seitenblick auf den Ballonfahrer. Er macht immer noch einen unbeteiligten Eindruck.

Ich stehe dicht hinter dir und streichele dich unter deinem Rock. Es gefällt dir offenbar. Vorsichtig lässt du die Träger deines Kleides ein Stückchen von den Schultern gleiten und gewährst mir einen fantastischen Einblick in dein Dekolleté. Du möchtest, dass ich dich dort berühre und murmelst, dass ich dich halten soll, weil du nicht schwindelfrei bist. Ich verstehe, was du meinst und halte dich.

Die Landschaft, die Luft, unsere innige Umarmung, dazu der Reiz des Verbotenen lässt uns fliegen. Wir vergessen den Piloten und bemerken ihn erst wieder, als wir schon im Landeanflug sind. Als wenn nichts gewesen wäre, streichst du dein Röckchen glatt und strahlst den Ballonfahrer an. So etwas Aufregendes habe ich noch nie erlebt, versicherst du ihm immer wieder. Er nickt lächelnd und lenkt den Korb behutsam und sicher zurück auf die Erde.

Unten angekommen, bereitet er die Ballontaufe vor. Er hält eine Flasche Sekt in der Hand und es sieht aus, als wolle er uns ein wenig davon über den Kopf gießen. Im letzten Moment aber hält er inne und sagt: So eine Ballonfahrt wie diese, habe ich auch noch nie erlebt, und schmunzelt wissend.

Dann öffnet er die Flasche und wir feiern zu dritt eine sehr spezielle Ballontaufe. Eine Ballonfahrt, die wir und er niemals vergessen werden.

Nun, wie gefällt dir das?

***

Liebe Weihnachtsfrau, ich hoffe sehr, dass dir diese Fantasie nicht die Schamesröte ins Gesicht treibt. Aber ich denke, dass Ihr

Himmlischen Wesen über diesen Dingen steht und Euch so leicht nichts erschüttern kann.

Mehr fällt mir auch beim besten Willen nicht ein, außer …, vielleicht noch eine sehr sinnliche Verführung oder Vorführung in aufregenden Dessous und mit Highheels.

Und jetzt fällt mir wirklich gar nichts mehr ein. Ehrlich gesagt, bin ich von mir selbst überrascht und bin sehr dankbar und glücklich, mit einer so wundervollen Frau wie dir verheiratet zu sein.

Jetzt, nachdem ich diesen Wunschzettel geschrieben habe fange ich an, mich wie ein kleiner Junge auf das Weihnachtsfest zu freuen. Dein Malte!

PS: Liebe Weihnachtsfrau, bitte, bitte, bitte, lass wenigstens einen meiner Wünsche in Erfüllung gehen.

2. Dezember

Was wohl heute in meinem Adventskalender ist, fragte Malte sich, als er frühmorgens den Kaffee anstellte.

Wieder steckte er den Inhalt des Adventskalenders in seine Jackentasche und öffnete den Brief erst im Auto. Dass Susan ihn vom Badezimmerfenster aus beobachtete, bemerkte er nicht. Seine Begeisterung hielt sich in Grenzen, als er den Brief mit der Adventsüberraschung las.

Gutschein
für
einen schönen Nachmittag,
an dem wir Weihnachtseinkäufe erledigen.

Die Geschenkeliste habe ich schon zusammengestellt.
Heute um 16:00 Uhr geht es los.

In deinem Timer habe ich gelesen, dass du nachmittags keine Termine mehr hast, deshalb war ich so frei, deine Zeit zu verplanen. Und nun mach nicht so ein Gesicht lieber Malte, wir werden bestimmt unseren Spaß beim Shoppen haben.
Auch du!
Und denk dran …, wenn du nicht brav bist, kann das Christkind dir nichts von deinem Wunschzettel erfüllen.

»Das ist leider keine gelungene Überraschung«, murmelte Malte und ärgerte sich, weil Susan einfach über seine Zeit bestimmte. Doch dann fiel ihm ein, dass sie vor ein paar Tagen angefragt hatte, ob der Freitag für die Weihnachtseinkäufe okay wäre. Er hatte es glatt vergessen und wusste ja, was für ein Organisationstalent Susan war.

Missmutig fuhr er zur Arbeit und wünschte sich ausnahmsweise, dass er Überstunden machen müsste. Leider ging sein Plan nicht auf und er kam überpünktlich nach Hause.

***

»Dann können wir ja schon früher losfahren«, freute Susan sich, mit Blick auf die Uhr. Es war erst kurz nach halb vier und schon fast dunkel.

»Was steht denn alles auf deiner Liste? In welche Geschäfte willst du mich schleppen?«

»Zuerst erledigen wir sämtliche Gutscheine, also Buchhandlung, Parfümerie und Haushaltswaren. Dann gehen wir in das neue Einkaufszentrum und besorgen dort die anderen Geschenke. Wenn wir uns beeilen, sind wir noch vor Geschäftsschluss mit unserer Shoppingtour fertig und könnten uns noch etwas Leckeres auf dem Weihnachtsmarkt gönnen.« Susan strahlte ihren wenig begeisterten Mann an.

»Und ich dachte, in dem Adventskalender steckt jeden Tag eine schöne Überraschung«, maulte Malte und ergab sich in sein Schicksal.

Die Aktion Gutscheine konnten Susan und Malte tatsächlich nach einer Stunde abhaken. Zielstrebig steuerte Susan als Nächstes das Einkaufszentrum mit seinem umfangreichen Sortiment an. In der Sportabteilung kauften sie eine Tasche für Maltes Nichte und in der Herrenabteilung Socken für den Opa.

»Und was fehlt uns jetzt noch?«, wollte Malte wissen und spielte gelangweilt mit seinem Handy.

»Jetzt muss ich nur noch eine Kleinigkeit für meine Freundin Lena besorgen. Einmal nach ganz oben bitte!«

Wiederstrebend folgte Malte seiner Frau. Von unten stieg ihm der Duft von gebrannten Mandeln in die Nase und aus allen Ecken dudelte Weihnachtsmusik. Nach der dritten Rolltreppe war von den Mandeln nichts mehr zu riechen, hier duftete es nach frischer Wäsche und nach Kaffee.

»Ich kann auch im Café warten, bis du die Sachen für Lena gefunden hast«, schlug Malte vor und machte sich auf den Weg in Richtung Bistro.

»Das ist keine gute Idee, ich brauche deinen Rat. Lena hat so einen speziellen Wunsch und …«

»Was wünscht sie sich denn??? Ihr Frauen seid aber auch kompliziert.«

Freudestrahlend entgegnete Susan: »Genau dafür liebt ihr Männer uns doch! Wir sind die perfekte Ergänzung zu euch einfachen Geschöpfen.«

»Hey, hey, nun werd mal nicht frech!«, lachte Malte. Susan war einfach zu süß und manchmal ganz schön vorlaut. Malte wurde sich wieder einmal bewusst, dass er auch ihre Sprüche liebte. Mit den Einkaufstüten trottete er hinter ihr her und hoffte, dass sie das Geschenk für ihre Freundin schnell finden würde.

***

»Was meinst du Malte, welche sind schöner? Oder welche gefallen dir besser?«, fragte Susan und hielt mehrere Packungen mit Strümpfen und Strumpfhosen in den Händen.

»Ist das eigentlich normal, dass man sich unter Freundinnen solche Sachen schenkt?« Kopfschüttelnd schaute Malte sie an. »Also, wenn sie etwas Verführerisches möchte, dann schenkst du ihr am besten diese Strümpfe.«

»Danke Schatz, ich geh mal fragen, ob ich die anprobieren darf.« Schon war Susan bei einer Verkäuferin, die zustimmend nickte.

»Malte, ich probiere die mal eben an. Wenn sie mir stehen, dann stehen sie auch Lena. Dafür brauche ich dich als Berater, komm mal mit und warte vor der Kabine, bis ich dich rufe.« Entschlossen nahm Susan ihren Mann an die Hand und verschwand hinter dem Vorhang.

Von drinnen raschelte es und Malte fragte sich, wieso Frauen immer so lange brauchen, um nur mal kurz etwas anzuprobieren. Gelangweilt setzte er sich in einen Sessel und wartete.

»Kommst du mal bitte!«

Sofort sprang er auf und schaute in die Umkleidekabine.

»Wow! Was ist das denn für ein Geschenk?!« Er wusste nicht, wo er hinschauen sollte. Vor ihm stand seine Frau in ihrem modischen Pelzmäntelchen, mit roten Pumps, die sehr gut zu seiner Wunschzettelfantasie passten.

»Sieh mich ruhig an, Malte! Gefällt dir das?« Langsam öffnete Susan den Pelz, unter dem sie fast nichts anhatte, und zeigte sich ihrem Mann in atemberaubender Unterwäsche und mit halterlosen Strümpfen. Der Mantel glitt von ihren Schultern und sie streckte verlangend die Arme nach ihm aus. Ihr halbnackter Po brachte den Spiegel hinter Susan fast zum Splittern und Maltes erotische Abstinenz gefährlich ins Wanken.

»Komm«, lockte Susan, nahm seine Hand und legte sie auf die Spitze des verführerischen Netzwerks.

Malte räusperte sich, er wollte etwas sagen, brachte jedoch kein Wort heraus. Ihm war unsagbar heiß, die Daunenjacke wurde ihm zu warm und die Hose zu eng, wie Susan erfreut feststellte. Ihre Augen funkelten dabei mit der Weihnachtsdeko um die Wette.

»Susan, du machst mich ganz verlegen. Ist das etwa die heutige Adventskalenderüberraschung?«

»Hm, ja. Ist das nicht eine schöne Überraschung?«

»Du siehst aus, wie ein leibhaftiger Engel der Verführung.«

»Komm her«, lockte Susan noch einmal und heftete ihren Blick auf Maltes Mitte, unterhalb der Gürtellinie. Zu gern hätte sie sich an ihn gedrückt, ihn an der Stelle berührt, die offensichtlich doch noch nicht jenseits von Gut und Böse war. Trotz der Hitze in der Kabine bekam Susan eine Gänsehaut, als Maltes Fingerspitzen sich zaghaft über den Strumpfsaum nach oben bewegten.

»Du kannst doch nicht …«, flüsterte Malte fassungslos.

»Doch, ich kann mein Schatz«, hauchte Susan. »Und du kannst auch, wie ich mit Freude sehe.« Kleine Teufelchen tanzten in ihren Augen. »Aber ich will nicht«, fügte sie kopfschüttelnd hinzu. »Denk an unsere Abmachung.« Sie lüftete den Vorhang einen Spalt breit und schob ihren Gatten nach draußen. »Bin gleich fertig«, flötete sie mit unschuldigem Augenaufschlag. »Warte vor der Kabine und pass auf, dass die Verkäuferin nicht hereinkommt.«

Mit hochrotem Kopf stand Malte vor der Umkleide. Eine eifrige Bedienung eilte herbei und fragte, ob sie noch etwas für ihn tun könnte.

»Nein danke, wir sind gleich fertig«, erwiderte Malte, und rührte sich keinen Zentimeter vom Fleck. In seinem momentanen Zustand sollte ihn niemand sehen, schützend hielt er die Einkaufstaschen vor sich.

»Dauert's noch lange? Soll ich dir helfen?« Er wurde langsam ungeduldig.

»Nicht nötig, ich komme schon allein zurecht.« Er hörte leises Rascheln, dazwischen einen Seufzer, der eher wie ein leises Stöhnen klang.

»Ist wirklich alles in Ordnung?« Besorgt schob Malte den Vorhang einige Zentimeter zur Seite, um nach dem Rechten sehen.

»Raus hier!«, zischte Susan ihn an.

Wie versteinert blieb Malte stehen. Die Tüten fielen ihm aus der Hand, als er Susans Blick im Spiegel begegnete. Mit verzückter Miene schaute sie ihr Spiegelbild an und dachte anscheinend überhaupt nicht daran, ihre Finger aus dem Höschen zu nehmen. Schweißperlen standen auf ihrer Stirn, als sie seelenruhig weitermachte.

»Zutritt verboten!«

Augenblicklich ließ Malte den Vorhang los, nahm die Tüten und blieb direkt hinter dem Vorhang stehen. Susan wusste, dass sie ihren Liebsten mit ihrer Solovorstellung quälte und reizte es bis zum Höhepunkt aus. Malte versuchte, so normal wie möglich auszusehen, wenn die Bedienung sich näherte, und wimmelte sie schon von Weitem ab. Die Worte und die Geräusche, die Susan von sich gab, waren einzig und allein für seine Ohren bestimmt.

»Was meinst du Schatz, kann ich Lena diese Strümpfe schenken?«, fragte Susan, als sie wenig später herauskam. Davon, was sie Malte in der Kabine geboten hatte, war ihr nichts mehr anzumerken. »Nun sag schon was, oder hat es dir die Sprache verschlagen?«

»Kauf sie, du Teufel im Engelskostüm!«, antwortete Malte, zückte das Portemonnaie, nahm Susans Hand und küsste ihre Fingerspitzen. »Alles erledigt?«, fragte er mit süffisantem Unterton. »Dann gehen wir jetzt auf den Weihnachtsmarkt!«

Händchenhaltend schlenderten die beiden zum Ausgang, die Einkaufstaschen trug Malte immer noch nah am Körper.

***

Susan schlief tief und fest nach diesem Einkaufsbummel. Sie hatte Maltes Fragen nicht beantwortet und ihn im Ungewissen darüber gelassen, ob sie die Schuhe erst gekauft hatte, nachdem sie seinen Wunschzettel gelesen hatte.

Malte konnte nicht so schnell abschalten. Immer wieder

drängten sich die Bilder des Tages in den Vordergrund. Susan merkte, wie er sich an sie kuschelte und sie in seinen Armen hielt, als sie sich schlafend stellte. Wie wohl die nächste Überraschung bei ihm ankommen würde?

3. Dezember

Wie an den vorangegangenen Tagen auch, öffnete Malte den Gutschein erst im Auto, warf einen flüchtigen Blick darauf und fuhr zu Ikea.

Gutschein
für
einen Abend mit Musik und Tanz!
Wir gehen heute Abend ins *Rosendorn*
und lassen es uns gut gehen.

Keine Angst, mein Schatz, du musst nicht selber tanzen!

Malte erinnerte sich, dass Susan ihm schon vor Wochen von der Veranstaltung vorgeschwärmt hatte. *Eine Aktion wie gestern in der Umkleide, wird sie dort mit Sicherheit nicht bringen können,* dachte er und merkte, dass ihm bei dem Gedanken an den Einkaufsbummel immer noch heiß wurde.

***

»Mensch Niko, du hast tatsächlich noch Zeit für ein Frühstück?«, begrüßte Malte seinen alten Fußballkumpel.

»Na ja, nur solange ich nicht ausgerufen werde, und meine

Jungs aus dem Kinderparadies abholen soll. Viel Zeit habe ich leider nicht, muss noch einiges erledigen, Weihnachtseinkäufe und so. Und du, auch in Sachen Weihnachten unterwegs?«

»Kann man so sagen. Ich suche noch eine Kleinigkeit für Susan. Alle anderen Geschenke haben wir gestern gekauft.« Grinsend jonglierte Malte mit dem Tablett zwischen den Tischen hindurch. Ganz hinten am Fenster hatte er noch einen halbwegs ruhigen Platz erspäht.

»Du hast es gut!« Niko verdrehte die Augen. »Mit den Kleinen ist das Weihnachtsfest zwar irgendwie schöner als ohne Kids, aber du glaubst gar nicht, wie viel Arbeit und Organisation in den Festtagsvorbereitungen steckt.«

»Ach du Ärmster! Hier, ich schenke dir mein ›Leckerli‹ aus dem Adventskalender. Reine Nervennahrung!« Malte schob ein kleines Päckchen über den Tisch. Für Süßes war sein Freund immer schon zu haben gewesen. Seit er Vater geworden war, brauchte er anscheinend noch mehr davon.

»Danke! Sehr freundlich. Das ist aber doch eigentlich für dich.« Niko strahlte ihn an.

»Bei mir gibt's täglich etwas zum Naschen. Meine Süße hat in diesem Jahr einen Adventskalender für mich gebastelt. Willst du mal sehen?« Malte zückte sein Handy und zeigte Niko den Kalender. Über den Inhalt verriet er jedoch nichts.

»Ich möchte auch mal wieder so verwöhnt zu werden! Bei uns stehen immer die Kinder an erster Stelle und an letzter Stelle komme ich. Grüß Susan von mir.« Niko wickelte die liebevoll verpackte Kleinigkeit aus und fing laut an zu lachen.

»Von wegen etwas Süßes! Ich schätze, das kann ich nicht annehmen.« Beinahe hätte Niko sich an seinem Kaffee verschluckt. »Tolle Idee von deiner Frau, können wir tauschen?« Er drehte das bunte Ding in seiner Hand hin und her, setzte es auf einen Finger und schaute es mit verklärtem Blick an.

»Was ist das denn?«, fragte Malte und spürte, dass er rot

wurde. »Sonst ist doch immer eine Praline oder sowas Ähnliches darin.« Er nahm Niko die rot glänzenden Herzen mit den weißen Bommeln aus der Hand.

»Nippel-Pasties im Weihnachtslook! Echt scharf!«, rief sein Kumpel eine Spur zu laut. Einige Köpfe drehten sich bereits zu ihnen um und besorgte Eltern suchten mit ihren quengelnden Kindern, die auch so etwas Schönes zum Spielen haben wollten, einen anderen Tisch. Blitzschnell steckte Malte die Dinger wieder ein und war dankbar, als sein Kumpel ausgerufen wurde, um die Kleinen aus dem Kinderparadies abzuholen.

»Entdecke die Möglichkeiten!« Anerkennend klopfte Niko ihm auf die Schulter und verabschiedete sich mit einem Grinsen, dass von einem Ohr bis zum anderen reichte.

***

»Und ich muss wirklich nicht tanzen?« Malte konnte es immer noch nicht glauben.

»Nein, ganz bestimmt nicht. Es ist eine Tanzshow, lass dich überraschen.«

Susan war längst startklar für den Besuch in dem angesagten Szenelokal. Unruhig hüpfte sie von einem Bein aufs andere und wartete darauf, dass ihr Schatz endlich aus dem Bad kam.

»Von deinen Überraschungen habe ich für heute genug. Mann, war das peinlich, als Niko das Päckchen ausgepackt hat. – Wann willst du mir die Dinger denn vorführen?«

»Vielleicht an Heilig Abend?«, kicherte Susan und steckte die Eintrittskarten ein. »Jetzt lass uns erstmal den heutigen Abend genießen.«

»Was ist das eigentlich für eine Gruppe, die da auftritt? Ich habe den Namen noch nie gehört und es leider nicht mehr geschafft, die Veranstaltung zu googeln.«

»Es ist ein weihnachtliches Tanzstück, etwas zum Entspannen.«

»Klingt gut. Entspannung kann ich brauchen.«

***

Susan hatte einen Platz in der ersten Reihe, direkt vor der kleinen Bühne reserviert. Malte atmete erleichtert auf, er hatte schon befürchtet, den ganzen Abend stehen zu müssen. Lena und Jannes saßen bereits an dem Tisch und begrüßten die beiden mit großem Hallo. Die Frauen fingen sofort an zu tuscheln und zu kichern, als hätten sie sich seit ewigen Zeiten nicht gesehen.

»Was ihr Frauen euch aber auch immer zu erzählen habt! Ihr habt euch doch gerade erst vor ein paar Tagen getroffen.« Es war Malte nach wie vor ein Rätsel, dass Frauen ständig kleine Geheimnisse, oder was auch immer, austauschen mussten.

»So sind sie nun mal, die Weiber,« bemerkte Jannes mit einem liebevollen Seitenblick auf Lena. »Ich bin echt gespannt auf die Show, wir haben für heute Abend extra einen Babysitter engagiert.«

»Ist es so etwas Besonderes? Ehrlich gesagt, weiß ich überhaupt nicht, worum es geht. Ich habe die Veranstaltung als Gutschein in meinem Adventskalender gefunden.«

Jannes gratulierte Malte, der nun gar nichts mehr verstand, und klärte ihn über die weihnachtliche Tanzshow auf. Bei dem Stichwort Burlesque fiel Malte aus allen Wolken. Und Susan entging weiteren Fragen, indem sie sich auf den Weg zur Toilette machte.

»Ich verschwinde noch mal kurz, bin gleich wieder da«, sagte sie und ließ ihn allein.

An einen ruhigen und entspannten Abend, war nach der Info nicht mehr denken. *Deshalb die Nippel-Pasties!* Malte ahnte, was ihn erwarten würde. Unruhig schaute er auf die Uhr, Susan war immer noch nicht wieder da.

»Lena geh doch mal nach Susan gucken. Sie müsste längst zurück sein. Nicht dass ihr was passiert ist.«

»Ach, was soll ihr denn passieren? Susan ist sicher gleich wieder da.«

***

Ein Gong ertönte, es wurde stockfinster, die Gespräche ringsum verstummten, alle Augen waren auf die Bühne gerichtet. Ein einzelner Scheinwerfer warf sein warmes Licht auf einen weinroten Samtvorhang.

Der satte Ton eines Saxophons durchbrach die Stille und durch den Vorhang streckte sich ein benetztes Frauenbein, mit einem roten Highheels am Fuß. Zwei athletische Männer in Pagenuniform hauchten einen Kuss auf den Zeh, der durch die Schuhspitze hervorlugte, bevor sie den Vorhang zur Seite schoben.

Mit keckem Hüftschwung bewegte sich eine Tänzerin über die Bühne, drehte sich mit dem Rücken zum Publikum und wackelte verführerisch mit dem Po. Ihre Arme, die sie weit ausgestreckt hatte, waren bis zum Bizeps in schwarz schimmerndem Satin verborgen. Mit den Fingerspitzen gab sie dem Rest der Gruppe ein Zeichen, hinter dem Vorhang hervorzukommen.

Der Reihe nach tanzten die Damen in ihren unterschiedlichen Kostümen auf die Bühne. Als das vorletzte Burlesque-Girl mit kurzem Rock, den obligatorischen Handschuhen, frechem Hütchen und zwei riesigen weißen Fächern, die an Engelsflügel erinnerten, im Scheinwerferlicht stand, setzte bei Malte Schnappatmung ein.

»Da oben ist Susan!!!«, flüsterte Malte seinen Tischnachbarn zu und schnappte hörbar nach Luft. »Habt ihr davon gewusst?«

Die beiden nickten und ließen sich nicht von der Show ablenken. Die Musik wurde fetziger, trotz der weihnachtlichen Songs.

Die Show war der Vorweihnachtszeit angemessen, himmlisch angehaucht. Zwei der fünf Ladies sahen aus wie Engel. Die eine trug ein bodenlanges Gewand in unschuldigem Weiß, mit goldenen Accessoires. Der andere Engel sah teuflisch scharf aus in seinem schwarzen Kostüm und den schwarzen Engelsflügeln. Sein Heiligenschein schwebte ziemlich ramponiert über den langen dunklen Locken. Susan trug eine Art Nikolauskostüm in Rot-Weiß, eine der Damen sah aus wie ein geschmückter Weihnachtsbaum, mit roten Kugeln und Lametta an den richtigen Stellen, die erst sichtbar wurden, als sie sich nach und nach entblätterte. Die fünfte Burlesquetänzerin erinnerte in ihrem Kostüm an einen Silvesterknaller, der bereits gezündet worden war. Sie sprühte vor Lebenslust und begrüßte die Zuschauer, nachdem der erste Applaus abebbte.

»Verehrte Gäste, meine Damen und Herren, Freunde der sinnlichen Inspiration«, hauchte sie wie einst Marylin Monroe ins Mikrofon, strich mit den behandschuhten Fingern seitlich an ihren Kurven entlang und holte einen Spickzettel hervor, der unter einem ihrer Strapsbänder eingeklemmt war. Mit unerträglicher Langsamkeit rollte sie ihn auseinander und schaute vielsagend ins Publikum. Sie schwenkte ein Glöckchen und fuhr mit ihrer Ansprache fort.

»Meine Mädels und ich, wir haben lange geprobt für diesen Abend, wir sind mega aufgeregt und wir freuen uns, dass Sie so zahlreich erschienen sind. Ich muss gestehen, wir sind keine Profis und das ist heute unser erster öffentlicher Auftritt. Unsere Gruppe hat sich zusammengefunden in einem Kurs der Volkshochschule und wir möchten Sie, verehrte Herren und Damen, mit der Show auf das Fest der Liebe einstimmen.« Ihre Stimme nahm wieder den rauchigen, tiefen Klang an, sie warf Kusshändchen in die Menge und stellte die Mädels mit ihren Künstlernamen vor.

»Sie sehen heute Abend Angel«, dabei zeigte sie auf den Engel in Weiß. »Und daneben Luzi, unseren schwarzen Engel, Nikki in ihrem reizenden Nikolauskostüm, Tanja als Weihnachtsbaum und ich bin Silvestra und habe die Choreografie mit den Tänzerinnen einstudiert.«

Malte hatte nur Augen für seine Nikki. Sie trug rote Nikolausstiefelchen, geschnürte Stiefeletten, mit einer gefährlichen Spitze. Er konnte sich nicht erinnern, dass sie ihm von diesem Kurs erzählt hatte. In den letzten Monaten hatte er offenbar so manches nicht mitbekommen.

Nach Luzi, dem Engel, der in Wirklichkeit ein Teufelchen war, hatte seine Liebste ihren großen Auftritt. Für Malte war sie die süßeste Nikolausfrau, die ein Mann sich überhaupt vorstellen konnte. In der einen Hand, die in rotem Satin steckte, hielt sie eine Rute. In der anderen einen süßen Lolli, an dem sie augenzwinkernd und zugleich frivol leckte. Mit der Rute näherte sie sich einigen Herren in der ersten Reihe, die direkt an der Bühne saßen. Sie beugte sich vor und streichelte Malte mit dem Reisigbündel vom Hals über den Arm abwärts und fragte spielerisch in die Runde, ob denn auch alle Männer schön brav gewesen wären.

Die Frauen schrien vor Begeisterung, eine sprang auf und rief: »Hier, der hier war überhaupt nicht brav!«

Diese Antwort passte wohl nicht ins Konzept. Nikki stutzte einen Augenblick, rollte mit den Augen und zitierte den jungen Mann nach vorne, auf die Bühne. So wie es aussah, liebte der Typ den großen Auftritt. Dem Publikum zuwinkend sprang er auf die Bühne, kniete sich vor Nikki auf den Boden, den knackigen Hintern herausgestreckt. Mit seinen Händen umklammerte er den weißen Puschelrand von Nikkis Stiefeletten und küsste ihre Stiefelspitzen.

»Du bist wirklich kein braver Junge«, grummelte Nikki mit tiefer Stimme, ließ ihn die Rute spüren und schickte ihn unter Applaus und Pfeifen zurück zu seinem Mädchen. Genüsslich schob sie sich den himbeerroten Lolli in Tannenzapfenform in den Mund, leckte sich die Lippen und schaute so lieb und unschuldig aus, wie es nur himmlische Geschöpfe können. Noch mit dem Lolli zwischen den Lippen öffnete sie die obersten Knöpfe der roten Korsage und gewährte einen großzügigen Blick auf ihr mit Goldstaub gepudertes Dekolleté.

Maltes Augen funkelten. Falls Nikki von der Bühne aus etwas davon erkennen konnte, dann war es pure Lust und Begierde, die sich in seinen Augen spiegelte. *Oh Santa*, hörte er in einer völlig neuen Version und starrte auf das, was oben geschah. Viel zu lange hatte Malte dieses Gefühl nicht mehr verspürt. Er sah, wie seine Frau auf der Bühne posierte und die letzten Knöpfe öffnete. Mit einem eleganten Kick drehte sie ihren süßen Hintern dem Publikum zu und ließ nacheinander die Träger von den Schultern gleiten. Sie beschenkte Malte dabei mit einem Blick, der ihn mitten in Herz und Hose traf. Ihm stockte der Atem.

Die großen weißen Fächer mit den weichen Federn hielt sie zum Glück noch vor der Brust gekreuzt, als sie sich umdrehte. Malte schickte Stoßgebete gen Himmel, dass sie unter dem Fächer nicht völlig nackt dastehen sollte.

Mit den Federn kitzelte sie sich am Kinn. Sie streichelte an ihrem Körper entlang, nahm die Fächer im Zeitlupentempo zur Seite, führte sie wie Engelsflügel hinter ihren Rücken und ließ die goldenen Quasten an ihren Nippelhütchen kreisen. Das Röckchen ihres Kostüms war kaum breiter als ein Gürtel und ließ den Ansatz ihrer runden Pobacken darunter erahnen.

Maltes Kehle wurde staubtrocken, seine Hose spannte unangenehm und Schweißtropfen standen ihm auf der Stirn. Er starrte auf ihren göttlichen Busen, der für seine Hände wie geschaffen war, und der jetzt mit den Nippeldingern geschmückt, in aller Öffentlichkeit wackelte und hüpfte. Malte war hin- und hergerissen zwischen peinlichem Berührtsein und Stolz auf seine Susan. Wann hatte sie das alles bloß einstudiert?

Nikkis Augen glänzten und von weihnachtlicher Stimmung konnte keine Rede mehr sein. Mit dem letzten Takt der Musik beendete sie ihren Auftritt und stiefelte mit einem lauten *Ho, Ho, Ho,* von der Bühne.

Dem Rest der Show konnte Malte nicht mehr folgen, obwohl die anderen Mädels einen ebenso atemberaubenden Auftritt hinlegten. Mit *Jingle Bells* und vielen Wunderkerzen endete die Show und die fünf Burlesque-Girls ließen zum Abschluss gemeinsam die Brüste wackeln.

»Ein Anblick für die Götter«, flüsterte Malte ehrfürchtig, »einfach toll!« Es sah aber auch zu schön aus, wie sie dastanden, mit ihren nackten Busen, verziert mit dem Nippelschmuck. Malte schaute sich die Hütchen der Reihe nach an. Da waren Weiße mit goldenen Glöckchen, Schwarze mit einem roten Dorn, die Roten von Nikki mit den goldenen Lamettaquasten, Grüne mit roten Kugeln und goldener Nippelschmuck mit Silberbommeln. Alle zusammen lösten sie ein stimmungsvolles Abschlussbeben im Saal aus.

***

»Habe ich dir zu viel versprochen?«, neckte Susan ihren Schatz, der langsam wieder zu sich kam und sie verständnislos ansah. »Du musstest nicht tanzen und konntest dich entspannt zurücklehnen, während ich im Rampenlicht geschwitzt habe. Ho, Ho, Ho!«

Nikki hatte sich wieder in Susan zurückverwandelt und strahlte immer noch wie ein erleuchteter Weihnachtsbaum, als sie nach Hause gingen.

»Susan?«

»Ja, mein Schatz?«

»Du warst phantastisch!«, flüsterte Malte an ihrem Ohr und legte seinen Arm um sie. »Wir könnten doch heute eine kleine Ausnahme von der Enthaltsamkeitsklausel machen, nicht wahr?«

Susan lehnte sich an ihren Mann, sie spürte sein Verlangen nur zu deutlich und hätte sich am liebsten die Klamotten vom Leib gerissen.

»Keine Ausnahmen«, hauchte sie in seine Halsgrube, schmiegte sich in seine Arme und streichelte zärtlich seine Rückseite.

»Willst du heute Abend nicht noch einmal zur Rute greifen? Zu meiner Rute?«, bettelte Malte.

»Nein Malte, das werde ich nicht. Versprochen ist verspochen!«

4. Dezember

Die Küchenmaschine brummte, das Aroma von frisch gebrühtem Kaffee weckte Maltes Lebensgeister. Nach dem gestrigen Abend war Malte auf alles gefasst. Noch einmal würde er nichts von seinen Überraschungen verschenken!

Der Adventskalender zog ihn magisch an. Erleichtert atmete er auf, als er die Adventsüberraschung für den heutigen Tag las.

✳ · ♥ · ✳ · ♥ · ✳ · ♥ · ✳ · ♥ · ✳ · ♥ · ✳ · ♥ · ✳ ·

Heute ist Barbaratag!

Es gibt einen alten Brauch, der Glück bringen soll.
Wenn man am Namenstag der heiligen Barbara
Zweige von Obstbäumen (Kirsche) schneidet,
sollen sie angeblich genau zu Weihnachten blühen
und im folgenden Jahr ganz viel Glück bringen.

Bitte schneide ein paar Barbarazweige und schenk mir eine
große Portion Glück ;-)!
Man kann schließlich nie genug davon haben.
Ich werde sie auch gut pflegen und zum Blühen bringen.

✳ · ♥ · ✳ · ♥ · ✳ · ♥ · ✳ · ♥ · ✳ · ♥ · ✳ · ♥ · ✳ ·

Liebend gern wollte Malte ihr diesen Wunsch erfüllen und ein paar Barbarazweige für sie schneiden. Nachmittags hatte er einen Besuch bei seinen Eltern geplant, in deren Garten ein prächtiger Kirschbaum stand. Seine Mutter würde sich mit

Sicherheit über sein Interesse an diesem alten Brauch freuen, schließlich versuchte sie selbst, in jedem Jahr ein paar Zweige zum Blühen zu bringen.

Bei der zweiten Tasse Kaffee naschte er den Sahnetrüffel, der noch in seinem Adventskalender versteckt war und öffnete einen Umschlag im Scheckkartenformat, an den Susan ein Brieflein geklammert hatte. Er las:

Ein Abend mit Babs

Mein lieber Malte, ich schenke dir einen Abend mit der von dir angebeteten Barbara.

Immer wenn du sie siehst, bekommst du glänzende Augen und wirst unruhig. Andächtig lauschst du jedem Wort, das sie spricht und wenn sie lacht, lachst du aus vollem Herzen mit. Mit deinen Blicken verschlingst du sie förmlich, kriechst in ihr üppiges Dekolleté und ich möchte nicht wissen, welche Bilder dir dabei durch den Kopf gehen. Es würde mich sehr wundern, wenn du sie in deiner Fantasie nicht schon halb ausgezogen vor dir stehen siehst.

Ihre üppigen Schmusekugeln, die sie mehr oder weniger züchtig verborgen hält, rauben dir die Sinne, und wenn sie dann noch ihr prächtiges, langes Haar zurückwirft, mit den Augen rollt und mit ihrer Zunge akrobatische Mundwinkelgymnastik vollführt, bist du hin und weg. Nach einem Fernsehabend mit Babs haben wir meistens viel Spaß miteinander.

Bei dem Date werde ich allerdings dabei sein und aufpassen, dass du dich wie ein Gentleman benimmst. Es ist mir tatsächlich gelungen, zwei der begehrten Karten für eine Show mit ihr zu ergattern. Wir haben sogar das Glück, dass wir sie persönlich kennenlernen dürfen. Ist das nicht toll???

***

»Susan, du bist ein Schatz! Danke, Danke, Danke! Wie hast du das nur wieder hingekriegt? Die Überraschung ist dir geglückt, dafür hast du einen Kuss verdient.« Malte drehte die Eintrittskarte in seinen Händen und als er das Foto von Babs auf der Rückseite sah, strich er verliebt darüber. Er kam sich selbst dabei ein wenig lächerlich vor, aber seit er sie das erste Mal im Fernsehen gesehen hatte, war er ein großer Fan von Talkshow-Babs.

»Dafür habe ich mindestens zwei Küsse verdient, schließlich ist heute der zweite Advent.«

5. Dezember

Gutschein
für
einen Abend im zauberhaften Weihnachtswald!

Heute musst du pünktlich Feierabend machen!
Wir werden in den Wald gehen, in den Winterweihnachtswald
und uns den schönsten Weihnachtsbaum für unser neues Zuhause aussuchen.
Für jeden, der seinen Baum selbst fällt, gibt es Würstchen
und Getränke gratis.

»Ich mache pünktlich Feierabend, das verspreche ich dir, meine
Süße! Den Spaß lasse ich mir nicht entgehen. Ich wollte schon
immer Holzfäller werden!«, rief Malte und schon war er weg.

»Männer!«, murmelte Susan und lächelte in sich hinein. Malte
war so süß, mehrmals hatte er das Adventsbeutelchen umge-
dreht und geschüttelt und verwundert gefragt, ob das wirklich
alles wäre. Das ist ja harmlos und völlig unerotisch, war sein
Kommentar. Doch dann hatte er sich wie ein kleiner Junge gefreut, bei der Aussicht darüber, selber einen Baum zu schlagen.

***

Gemeinsam stiefelten Malte und Susan zwischen den Tannen hindurch. Die Aktion *Oh Tannenbaum* war wirklich gut vorbereitet. Die Schonung wurde angestrahlt, sodass man die Bäume in der Dunkelheit gut sehen und auch absägen konnte.

Hand in Hand liefen sie zwischen den Baumreihen hindurch, blieben stehen, begutachteten die Spitzen der Bäume, ihren Wuchs, die Größe und malten sich aus, wie der Baum sich in ihrem Wohnzimmer machen würde. Schließlich war es der erste Weihnachtsbaum im Eigenheim und der sollte besonders schön und eindrucksvoll sein. Malte konnte es kaum erwarten, mit der Säge zu Werke zu gehen.

»Was meinst du Malte, dieser hier würde doch gut ins Wohnzimmer passen?« Susan zeigte auf einen Baum, der ziemlich weit hinten stand und mit seinen ausladenden Zweigen sehr majestätisch wirkte.

»An den komme ich aber schwer dran.« Malte wirkte unentschlossen, er holte einen Zollstock hervor und begann tatsächlich den Baum zu vermessen. Susan hüpfte von einem Fuß auf den anderen und murmelte etwas vor sich hin.

»Was erzählst du da eigentlich die ganze Zeit. Ich kann mich gar nicht konzentrieren.«

Nun flüsterte Susan etwas lauter, damit Malte ihr Gemurmel verstehen konnte.

»In einem dichten Fichtendickicht nickten dicke Fichten tüchtig. In einem dichten Fichtentückicht fickten dicke Nichten tüchtig. – Oh Mist! Nein! Das war verkehrt, also noch einmal. In einem ...« Glucksend versuchte Susan den Vers richtig aufzusagen, verdrehte aber jedes Mal etwas. »Sag du das mal schnell hintereinander. Du schaffst das auch nicht.«

»Du solltest lieber *Oh Tannenbaum* singen, anstatt obszöne Verse aufzusagen.« Malte versuchte sein Glück, versprach sich aber auch andauernd.

»So schön, obszön!«, trällerte Susan, ging einen Schritt auf

Malte zu und flüsterte ihm Sachen inn Ohr, die ihn heißer machten, als jeder Glühwein.

»Susan! Hör jetzt auf, bitte! Ich muss mich konzentrieren!« Malte schaute sich um, sie waren zwischen den Bäumen allein.

»Ach, es gefällt dir anscheinend, wenn ich unanständige Sachen erzähle? Dann sollten wir die Unterhaltung heute Abend im Bett fortsetzen.« Susan flüsterte unbeirrt weiter. Weihnachtlich waren ihre selbst erdachten Verse wirklich nicht!

»Das wird dann wohl keine Gutenachtgeschichte zum Einschlafen! Meine liebste Susan, was bist du doch für ein durchtriebenes kleines Luder! Machst mich verdammt heiß und bestehst dann auf bescheuerten Regeln.«

Kopfschüttelnd nahm Malte die Säge und fällte den Weihnachtsbaum. Die Ohren klingelten ihm von all den heißen Sachen, die Susan ihm auch nach der Baumfällung noch ins Ohr flüsterte, immer dann, wenn er nicht damit rechnete.

***

Innerlich glühend und äußerlich durchgefroren, gingen sie gleich ins Bett, nachdem sie den Baum untergestellt hatten. Sie kuschelten sich aneinander, alberten herum und redeten mal ein bisschen unanständig und dirty miteinander, und dann wieder voller Zärtlichkeit. Erst spät in der Nacht schwiegen sie und sagten mit den Augen all das, für das sie keine Worte mehr fanden.

6. Dezember – Nikolaustag

Gutschein
für
einen freien Abend,
an dem du dich mal wieder
mit Freunden treffen solltest.

Ein Stiefelchen, das aussah, wie das von der Nikki aus der Show, stand auf Maltes Platz. Erfreut stellte er fest, dass keine Rute darin versteckt war, sondern Socken, ein Paar gefilzte Hausschuhe, Lakritze und ein Weihnachtsbier.

»Dann muss ich wohl sehr brav gewesen sein.«

»Viel zu brav und viel zu artig!«, seufzte Susan. »Wird Zeit, dass du mal wieder auf andere Gedanken kommst.«

»Hm«, grummelte Malte und öffnete den Adventskalender.

»Ist das alles?« Enttäuscht schaute er Susan an. Malte hatte sich insgeheim auf eine besondere Nikolausüberraschung gefreut. Stattdessen erklärte Susan ihm, dass sie bereits vor Wochen einen Mädelsabend mit ein paar Freundinnen geplant hatte und er zuhause nicht erwünscht war.

»Sei mir nicht böse Schatz, aber wir haben unsere Weih-

57

nachtsfeier unter Mädels schon vor Monaten geplant. Vielleicht hast du ja Lust dich mit Niko oder Tom zu verabreden, die sitzen auch allein zu Haus.

»Niko muss für seine Jungs den Weihnachtsmann spielen, der hat mit Sicherheit keine Zeit«, brummelte Malte und erinnerte sich an das Treffen vor ein paar Tagen, als die Zeit zum Quatschen mal wieder viel zu knapp gewesen war.

Vielleicht ist Susans Vorschlag ist gar nicht so schlecht? Mit Niko kann man immer viel Spaß haben, der hat so schön verrückte Ideen. Und Tom habe ich auch ewig nicht mehr gesehen. Malte überlegte, mit wem er losziehen könnte. So einen richtigen Männerabend hatte er schon lange nicht mehr gemacht, er konnte sich nicht einmal mehr erinnern, wann er seinen letzten Cocktail getrunken hatte.

»Also mein liebster Ehemann, June kommt auch zu unserem Mädelsabend und von ihr stammt die Idee, dass du mal wieder mit Tom um die Häuser ziehen könntest. Und was Niko betrifft, der ist nur am Spätnachmittag in Sachen Nikolaus unterwegs. Seine Eltern passen abends auf die Kleinen auf und Emily hat Niko davon überzeugt, dass sie unbedingt mal wieder einen Abend mit ihren Freundinnen braucht.«

Die Sache kam Malte nicht ganz geheuer vor. »Sag mal, was habt ihr denn vor? Habt ihr einen Weiberabend mit Nikolausüberraschung geplant???« Maltes Misstrauen war ihm deutlich anzusehen. Er hatte schon viel über derartige Mädelsabende gehört, bei denen Nikoläuse vorbeikamen, die mit Sicherheit keine Heiligen waren.

»Du kannst ganz beruhigt sein. Wir wollen nur ein bisschen quatschen, typische Weibergespräche über Mode, Frisuren und über Weihnachtgeschenke für den Liebsten. Wir sind doch alle ganz anständig, das weißt du doch.«

»Wie konnte ich das vergessen? Und du bist die Anständigste von allen.«

»Ganz genau!«, bestätigte Susan ihm lächelnd. »Es ist schon alles organisiert, Tom und Niko bringen ihre Frauen heute Abend hierher und nehmen dich dann mit.«

»Na dann! Das kann ja ein lustiger Abend werden.«

***

Kaum waren die Freundinnen eingetroffen und die Männer verschwunden, klingelte es dreimal an der Tür.

»Ho, Ho, Ho! Bin ich hier richtig zur Dessous-Party?«

»Hereinspaziert, wir sind vollzählig und können es kaum erwarten.« Susan begrüßte die Dessous-Beraterin, die ihren Trolley wie eine Schatzkiste hereinschob.

Ruckzuck war der Koffer geöffnet und die verführerischen Kostbarkeiten wurden herumgereicht und begutachtet.

»Seht her Mädels, das hier, ist das nicht heiß? Das muss ich anprobieren.« June verschwand nach nebenan. Auf Highheels, die sie extra für diesen Zweck mitgebracht hatte, stolzierte sie in süßen Dessous zurück ins Wohnzimmer. Völlig ungeniert drehte und wendete sie sich vor den Freundinnen und erntete begeisterten Applaus. Das Eis war gebrochen. Die anderen Mädels hatten auf Anhieb auch etwas gefunden, was sie unbedingt anprobieren wollten. Unter viel Gelächter legten sie die normalen Klamotten ab und kommentierten gegenseitig ihre Problemzonen. Selbst Kim, die nervtötend kritisch mit sich war, verlor ihre Scheu und präsentierte sich in einem wunderschönen Höschen, dass ihren ausladenden Hintern hervorragend in Szene setzte. Mit den Strümpfen, die auf der Mitte ihres Oberschenkels endeten und ihre helle Haut noch weißer erscheinen ließen, sah sie einfach zum Anbeißen aus.

»Wenn unsere Männer das sehen könnten …«, kicherte Mia und strich über den seidigen Stoff eines Negligés, unter dem sich wirklich alles deutlich abzeichnete.

»Das bekommen sie noch früh genug zu sehen.« Emily stolzierte durch den Raum und zeigte, wie sie es Niko vorführen wollte. Sie trug ein Miederhöschen, das von vorn brav und züchtig aussah, aber von hinten Sünde pur war und ihren Po zu knapp hundert Prozent frei ließ. »Niko liebt meinen Po, er wird schon unruhig, wenn er ahnt, dass ich einen String unter der Jeans trage.«

»Wie gut, dass unsere Männer nicht da sind, es soll ja schließlich eine Überraschung für sie sein.«

***

Der letzte Satz war kaum ausgesprochen, als in der Haustür ein lautes *Hohoho* erschallte. Mit viel Geschrei und Gequieke griffen die Mädels nach Decken und Kissen und versuchten ihre Blöße zu verdecken.

»Spinnst du, Malte!« Susan lief puterrot an, als sie Malte in Begleitung von Niko, der noch in seinem Nikolauskostüm steckte, in der Tür stehen sah. Niko feixte unverschämt frech unter seinem Rauschebart und Malte spielte offensichtlich den Knecht Ruprecht. Susan sah streng zu Malte hinüber und merkte, dass er ganz schön einen in der Mütze hatte.

»Der Nikolaus ist da! Hohoho!«, rief Niko übermütig, schwenkte die Rute und baute sich mitten im Wohnzimmer auf. Mit seinen fast zwei Metern und dem athletischen Body eines Sportlers, der unter dem roten Gewand leider nicht so genau zu sehen war, wirkte er auf die Mädels sehr respekteinflößend.

Malte schaute zu Boden und hielt sich an dem Nikolaussack fest. Susan schoss ihn mit ihren Blicken gerade ab. Der Anblick der fünf leichtbekleideten Mädels ließ ihn keineswegs kalt.

»Was muss ich denn hier sehen?«, brummte Niko, ließ sich in einen Sessel fallen und gab den Frauen zu verstehen, dass sie die Decken, oder was sie sonst zum Schutz um sich gehüllt hatten, fallen lassen sollten. Genüsslich wanderte er mit seinem Blick über die Körper der Freundinnen. Sie juchzten vor Freude und glaubten wohl, dass die Nikolausüberraschung eine gelungene Einlage der Gastgeberein sei.

»Seid ihr denn auch schön brav gewesen?« Streng blickte Niko von einer zur anderen.

»Schluss jetzt mit dem Theater!«, rief Susan stocksauer.

»Hohoho, wer wird denn da so frech werden? So spricht man doch nicht mit dem Nikolaus!« Er wandte sich Malte zu und fragte, was denn bei Susan für eine Eintragung im Büchlein stände.

»So, so, vorlaut und frech, steht da. Susan komm mal her zu mir«, forderte Niko mit strengem Blick, winkte sie zu sich heran und schlüpfte wieder in seine Nikolausrolle.

»Pass mal auf, mein Lieber …« Weiter kam Susan nicht, denn ehe sie sich versah, hatte Niko sie übers Knie gelegt und holte mit der Rute aus. Susan bebte vor Wut und schlug um sich. Nach ein paar Streichen mit der Rute sah er Malte an, und fragte: »Nun Knecht Ruprecht, was meinst du, ob Susan jetzt wohl immer noch so vorlaut und ungezogen ist?«

»Ich weiß nicht, ich weiß nicht.«, brummte der mit verstellter Stimme und gab Niko ein Zeichen, dass sie noch etwas mehr bekommen sollte. »Die Höschen sehen doch viel reizvoller aus, wenn die Haut darunter schön rosarot ist.«, fügte Niko hinzu und schaute mit funkelnden Augen die anderen Mädels an, die mit offenem Mund, wie verängstigte kleine Mädchen dastanden und fasziniert und ungläubig zuschauten.

Susan sagte keinen Ton, als Niko sie endlich freigab und die nächste Frau aufforderte, vorzutreten.

»Dreh dich um, damit ich sehen kann, wie hübsch du dich für den Nikolaus gemacht hast.«

Nacheinander winkte er die Mädels heran, schaute ihnen in die Augen und verhängte eine, wie er meinte, wohlverdiente Strafe. Das Kichern verstummte, man hörte nur noch ab und zu ein Autsch oder ein leises Stöhnen. Zum Schluss legte er seine Frau übers Knie, ihre Rückseite behandelte er mit besonderer Sorgfalt.

»Und jetzt geht's ab nach Hause und ins Bett!«, rief er nach vollbrachter Arbeit fröhlich in die Runde, schnappte sich seine Emily und verabschiedete sich mit lautem Hohoho!

***

»Das wirst du mir büßen«, zischte Susan, als die anderen Mädels überstürzt aufgebrochen waren. Noch am selben Abend änderte sie den Inhalt einiger Gutscheine und Geschenke in dem Adventskalender.

7. Dezember

✳ · ♥ · ✳ · ♥ · ✳ · ♥ · ✳ · ♥ · ✳ · ♥ · ✳ · ♥ · ✳ ·

Gutschein
für Nichts!

✳ · ♥ · ✳ · ♥ · ✳ · ♥ · ✳ · ♥ · ✳ · ♥ · ✳ · ♥ · ✳ ·

Statt einer Süßigkeit fand er heute einen sauren Drops und einen Gutschein für Nichts. Malte war sich sicher, dass Susan nach dem gestrigen Abend den Inhalt des Adventskalenders ausgetauscht hatte.

Sie hatte seit der Weihnachtsmannnummer kein Wort mehr mit Malte gesprochen und ihn ins Gästezimmer verbannt.
Niko ist einen Schritt zu weit gegangen, dachte Malte entschuldigend, wusste aber, dass er selbst auch deutlich zu weit gegangen war. Trotzdem musste er innerlich immer noch grinsen, wenn er daran dachte, wie Susan hilflos über Nikos Knie gelegen und gezappelt hatte. Malte fasste sich an den Kopf, er hatte wohl einen Whiskey zu viel getrunken. *Nie wieder Alkohol!*
Wie soll ich das jemals wiedergutmachen, überlegte Malte und versuchte, Susan in den nächsten Tagen jeden Wunsch von den Augen abzulesen.

8. Dezember

Gutschein
für
ein Rollenspiel nach meiner Regie!
Mehr wird nicht verraten, lass dich überraschen.
Du wirst es lieben!

Noch immer herrschte Schweigen, vielleicht nicht mehr ganz so eisig, aber noch genauso still. Immerhin durfte Malte wieder in seinem Bett schlafen. Susan machte sich besonders schön für die Nacht und präsentierte sich Malte von ihrer verführerischesten Seite. Ihren Pyjama hatte sie gegen ein flatterndes Seidenhemdchen getauscht, bei dem ein Träger wie zufällig bei der kleinsten Bewegung von der Schulter rutschte und den Blick auf ihren Busen freigab. Ein zarter Duft umschmeichelte sie und das Magazin, das sie mit ins Bett genommen hatte und in dem sie seufzend blätterte, zeigte mindestens ein Dutzend nackte junge Männer, die aussahen wie die Dreamboys.

»Ist das jetzt schon das Rollenspiel und ich bin der Depp?«, wollte Malte wissen. Susan zuckte nur mit den Schultern und der Träger rutschte zum wiederholten Male herunter. Noch nicht einmal seinen großen Zeh ließ sie an sich herankommen.

»Nun sag doch was! Bitte Susan, ich weiß, dass ich einen Fehler gemacht habe. Ich hätte das niemals zulassen dürfen.«

Susan schüttelte den Kopf und drehte sich auf die andere Seite. Tränen schimmerten in ihren Augen, Malte hatte es genau gesehen.

»Susan, ich liebe dich, ich bin so ein Idiot.«, flüsterte Malte ins Kissen und glaubte ein gehauchtes »Ja!« gehört zu haben, als Susan das Licht löschte.

Er konnte nicht ahnen, dass sie mit dem Gedanken *Rache ist süß,* einschlief.

9. Dezember

Malte war extra früh aufgestanden und brachte Susan den Kaffee ans Bett.

Seine Lady ließ sich die Kissen aufschütteln, die Tageszeitung bringen und, Malte konnte es kaum glauben, sie strahlte ihn an, als er sich nach ihren Wünschen erkundigte.

»Guten Morgen mein Schatz, heißt das«, rief sie ihm entgegen. Malte wäre beinah das Glas mit dem O-Saft aus der Hand gekippt, so sehr freute er sich, wieder ihre Stimme zu hören. Das bedeutete, dass sie das Kriegsbeil begraben hatte. Zum Glück konnte Susan nicht allzu lange sauer sein.

»Guten Morgen mein Schatz, hier kommt dein persönlicher Diener mit dem O-Saft.«

»Danke! Und nun entfernen Sie sich!«

»Sehr wohl, ich muss sowieso zum Dienst«, ging Malte auf ihren scherzhaften Ton ein und warf ihr eine Kusshand zu.

Im Auto öffnete er zaghaft den Adventsbrief. Er war neugierig, was sie sich diesmal hatte einfallen lassen, oder ob es wieder ein Gutschein für Nichts war.

Gutschein
für
einen Wunsch von deinem Wunschzettel
(Einzulösen ab Mai!)

Als Malte in der Mittagspause seine Brotdose öffnete, lag neben einer Peperoni ein in Folie verpackter Brief.

**

Mein lieber Malte,
kannst du dich noch erinnern, als wir damals, in diesem heißen Sommer für ein Wochenende am See waren? Wir hatten uns abgekühlt und sind weit hinausgeschwommen. Wir haben wir uns danach von der Sonne trocknen lassen und sind eingedöst.
Das war das erste Mal, dass wir es draußen in der freien Natur getan haben. Wir mussten aufpassen, nicht entdeckt zu werden, und du hast mir den Mund zugehalten, damit mich niemand hören konnte.
Manchmal überkommt mich immer noch dieses Prickeln. Wenn wir zum Beispiel Spazierengehen und an einem Hochsitz im Wald vorbeikommen. Oder in der Kleingartensiedlung, mit den vielen schnuckeligen Gartenhäusern. An Telefonzellen kann ich auch nicht ohne abwegige Gedanken vorbeigehen. Ja, ich schäme mich ein bisschen!

Als ich deinen Wunschzettel gelesen habe, war mir sofort klar, dass ich dir Wunsch Nr. 3 auf alle Fälle erfüllen werde. Vielleicht sogar in Kombination mit einem Fotoshooting.
Kuss, Deine Outdoor-Geliebte und Fotomodell Susan

**

Malte biss in die Peperoni, die ebenso scharf war, wie seine Fantasien davon, was man alles machen könnte. In seinem Kopf zündete bei jedem Bissen ein Feuerwerk an Ideen. Malte tippte ein paar Notizen in sein Handy, seine Mittagspause war leider viel zu schnell vorbei.

10. Dezember

Gutschein
für
einen Nachmittag in der Weihnachtsbäckerei

Treffpunkt: 15 Uhr in der Küche!

Die Weihnachtsfrau braucht fleißige Helfer.
Du darfst beim Plätzchenbacken assistieren!

Susan überlegte hin und her, wie sie das Plätzchenbacken zu einem erotischen Highlight gestalten könnte. Mehl an den Händen und Schokolade im Gesicht fand sie nicht besonders sexy und würde Maltes Fantasie wohl kaum anregen.

Zwischen Zeitschriften und Backbüchern wollte ihr einfach nichts Passendes einfallen. In ihrer Weihnachtsbäckerei sollte es nicht billig und geschmacklos zugehen. Nur mit Schürzchen bekleidet, war vielleicht ganz nett, aber Susan wusste, dass sie sich damit nicht wohlfühlen würde. Sie entschied sich für ihre alt erprobten Rezepte, der Rest würde sich von allein ergeben.

***

Mehl und Zucker, Eier, Zimt, Vanille und diverse andere Zutaten verwandelten die moderne Hochglanzküche in eine weihnachtliche Backstube. Den Teig für die Liebesgrübchen hatte Susan schon vorbereitet und der Backofen verbreitete eine wohlige Wärme.

»Hmm, hier duftet es aber lecker nach Weihnachten.« Malte blickte schmunzelnd auf Susans Schürzchen, mit dem Aufdruck *Himmlische Sünden – Selfmade!* Viel lieber hätte er es gesehen, wenn das ihre einzige Arbeitskleidung gewesen wäre. Er wunderte sich selbst darüber, dass seine Erwartungen neuerdings öfter mal in eine wenig weihnachtliche Richtung abdrifteten. Susans Adventsüberraschungen hatten es in sich.

»Nun grins nicht so, wie ein Honigkuchenpferd!«, rief Susan ihren Backlehrling zur Ordnung. »Die Kekse, die wir backen, werden mit Sicherheit eine himmlische Sünde.« Sie zeigte auf die Bilder in ihrer Backzeitschrift und Malte lief bei diesem Anblick das Wasser im Munde zusammen, ebenso wie bei Susans Anblick. Sie sah mit ihren geröteten Bäckchen mindestens genauso lecker und süß aus, wie die abgebildeten Plätzchen. »Ich habe auch noch ein ganz tolles Pralinenrezept, Schatz. Das müssen wir auch noch ausprobieren.«

Malte stand dicht neben Susan, ihr Duft nach Vanille, Kakao und Seife stieg ihm in die Nase. Er fand ihn so unwiderstehlich, dass er immer näher an Susan heranrückte. Ihre nackten Arme fühlten sich warm an, obwohl sie nur ein leichtes T-Shirt anhatte, mit nix drunter, wie er eindeutig erkennen konnte.

»Du riechst aber lecker!« Malte schnupperte sich noch näher an Susan heran und küsste ihr einen süßen Schokofleck von der Wange.

»Hey, hey! Das Christkind ist bei der Arbeit. Küssen verboten!

»Nun sei doch nicht so streng mit mir!«, bettelte Malte. »Lieber Malte, du hast es so gewollt! Die Küsse müssen wir

uns für morgen aufheben, wenn das dritte Kerzlein brennt.«
Susans Augen blitzten, sie rührte sich nicht vom Fleck, rückte nicht den kleinsten Zentimeter zur Seite.

Unter ihren Händen nahm der Teig nach und nach Gestalt an. Sie teilte den dicken Klumpen Mürbeteig in vier Kugeln auf und zeigte Ihrem Liebsten, wie er daraus Rollen formen sollte.

»Schön rund und nicht zu dick müssen sie sein. Stell dich mal hierhin und schau mir zu, wie das geht.«

Malte konzentrierte sich auf ihre Hände, schaute gebannt zu, wie sie die Kugel zwischen den Handflächen hin und her rollte, bis sich allmählich eine Rolle daraus formte.

»Siehst du? So musst du den Teig zwischen den Händen bearbeiten, nicht nur in die Runde, sondern auch in die Länge. Mit den Fingerspitzen immer ein kleines bisschen mehr.«

Susans kleine Hände, faszinierten ihn auch nach Jahren immer noch. Malte konnte sich kaum konzentrieren. Es erinnerte ihn schmerzhaft daran, wie es war, wenn sie ihn mit ihren Händen verwöhnte. Malte kam es jedenfalls so vor, wie er ihr sehr viel später einmal verriet.

»Was wird das eigentlich? Soll ich dir mal sagen, wie das aussieht?«

»Liebesgrübchen werden das! Habe ich doch schon gesagt. Wonach sieht es denn sonst aus?«

»Äh, na ja.« Malte räusperte sich. Ihm fiel nichts ein, wie er es beschreiben könnte. »Susan, du weißt genau, was ich meine. Das sieht aus, wie eine erotische Teigmassage. Und erzähl mir nicht, dass du nicht die gleichen Hintergedanken hast, wie ich.«

»Erotische Teigmassage?« Sie lachte laut auf, sah ihm in die Augen und fragte: »Wäre es dir lieber, ich würde nicht den Teig bearbeiten, sondern dich?« Das Lachen verschwand aus ihren Augen, die kleinen Teufelchen kamen wieder zum Vorschein und mit ihrem Blick wanderte sie an seinem Körper entlang.

Sie leckte sich über die Lippen und wischte ihre mehligen Hände an seiner Jeans ab, genau dort, wo er sie gern unter dem Stoff gehabt hätte.

»Oh Susan, bitte mach weiter!« Malte ignorierte ihr Kopfschütteln, schmiegte sich von hinten an sie und ließ Susan spüren, dass er allzu bereit für sie war. Sie wehrte sich nicht dagegen, schnitt allerdings weiterhin die Teigrolle in Scheiben.

»Bitte«, flüsterte Malte.

»Ich glaube, du brauchst eine Aufgabe, die dich ein wenig ablenkt«, flüsterte Susan zurück, nahm seine Hand von ihrem Schürzenlatz und stupste Maltes Zeigefinger in den weichen Plätzchenteig.

»Und das machst du jetzt bei allen Keksen und dann tust du in die Vertiefung noch einen Klecks Marmelade hinein!«

Susan schleckte Maltes Finger ab, saugte spielerisch an seiner Fingerspitze und demonstrierte ihm, was er tun sollte. »Den Rest heben wir uns für Weihnachten auf«, raunte sie ihm dabei ins Ohr.

»Liebesgrübchen«, murmelte Malte wie ein Mantra vor sich hin, als er Keks für Keks seinen Finger in den weichen Teig bohrte und versuchte, sich voll auf diese Tätigkeit zu konzentrieren. Es wollte ihm nicht so recht gelingen. Susan ließ sich immer wieder etwas Neues einfallen. Mit herausgestreckten Hinterteil schaute sie zwischendurch nach den Plätzchen im Ofen und offenbarte Malte einen Blick auf ihre halterlosen Strümpfe, die sie unter dem kurzen Röckchen trug.

»Der Müll muss noch nach draußen«, rief Malte ihr mit glühenden Wangen zu und verließ die Küche. Er merkte, dass er dringend etwas Abkühlung brauchte.

***

Weihnachtslieder summend schaute Susan ihrem Mann hinterher. Die Liebesgrübchen würden auf dem Weihnachtsteller mit Sicherheit schöne Erinnerungen bei ihm hervorrufen.

Rezept: Liebesgrübchen

175 g Dinkel- oder Weizenmehl
65 g Zucker
1 Pckg. Vanillezucker
2 Eigelb
125 g Butter
Ein wenig Himbeer-, Kirsch-, oder Johannisbeergelee

Aus den Zutaten einen Mürbeteig bereiten und ca. 1/2 Std. kaltstellen.
Aus dem Teig kleine Kugeln formen.
Mit einem mehlbestäubten Holzlöffelstiel eine Vertiefung in jede Kugel drücken und etwas Gelee hineingeben.
Auf einem mit Backpapier belegtem Backblech hellgelb backen.
Backzeit: 10-12 Min. bei ca. 175-180 Grad.

11. Dezember

Gutschein
für
einen gemütlichen Nachmittag,
mit Kerzenschein, Keksen, und Weihnachtsgeschichten

Malte freute sich über den Gutschein und einen Riegel seiner Lieblingsschokolade, aber besonders darauf, dass an diesem dritten Adventssonntag wieder geküsst werden durfte. Wieso ihm Lust und Leidenschaft abhandengekommen war, wunderte ihn inzwischen selbst. Je mehr sie sich einfallen ließ und auf die Enthaltsamkeit pochte, desto stärker wurde sein Verlangen nach Susan. Ob ich es darauf ankommen lassen sollte, fragte Malte sich und verwarf den Gedanken sofort wieder.

***

Drei Kerzen auf dem Adventskranz erhellten den Raum, der Weihnachtstee duftete, das Feuer im Kamin knisterte und verbreitete eine heimelige Atmosphäre.

»Mein lieber Schatz, ich habe eine Geschichte gefunden, die wunderbar in die Weihnachtszeit passt und die ich dir gern vorlesen möchte.«

»Eine richtige Weihnachtsgeschichte? Das kann ich ja kaum

glauben!« Malte traute der Sache noch nicht ganz, Susan hatte so ein verschmitztes Lächeln im Gesicht. Mit einem Kaffee machte er es sich im Sessel bequem, legte die Füße hoch und hörte zu.

***

Kleine Sünden

Lange hatte ich gezögert, sollte ich oder sollte ich nicht. Eigentlich wollte ich dieses Laster ganz aufgeben, befürchte aber, ich bin süchtig danach.

Verführerisch sah er aus, wie er da so ausgepackt vor mir lag. Wirklich, sehr verführerisch. Ich bildete mir ein, zu hören, wie er rief: ›Nimm mich, vernasch mich, ich schmelze dahin‹. Meine guten Vorsätze warf ich schnell über Bord, ich hatte mir eigentlich vorgenommen, es nur noch bei sehr besonderen Anlässen zu tun. Manchmal erlaube ich mir allerdings, schwach zu werden. In diesen Momenten der Verführung genieße ich ihn dann ganz bewusst und mit allen Sinnen.

Zärtlich hielt ich ihn in meiner Hand, betrachtete ihn von allen Seiten. Er war ziemlich dunkel, ganz glatt und hart, nicht allzu groß.

Hmm …, ich musste ein wenig vorsichtig sein und aufpassen, denn sonst könnte es klebrig werden und unser Abenteuer könnte unschöne Flecken hinterlassen. Es fiel mir verdammt schwer, mich noch einen Augenblick zu beherrschen.

Also, bevor ich anfing, musste ich ihn mir noch einmal ansehen. Mit Nase und Mund, mit leicht angefeuchteten Lippen dicht über ihn gleiten. Schnuppern, einmal mit der Zungenspitze schlecken. Es soll ja Glückshormone freisetzen, habe ich mir sagen lassen. Und Glückshormone kann ich immer gut brauchen, ganz besonders im Winter, so wie jetzt im Dezember, wo es so früh dunkel wird und es draußen ungemütlich ist und kalt.

Verstohlen blickte ich auf die Uhr, es war genau nachmittags um drei. Für mich ist das eine gute Zeit, mein Biorhythmus kommt um die Zeit erst in Schwung.

Meine Lippen berühren ihn, umschließen ihn sanft. Ich schließe die Augen und lasse den Süßen hineingleiten in meinen Mund, auf meine Zunge. Selbstverständlich noch nicht ganz, nur ein kleines Stückchen. Das fühlt sich gut an und ich will mehr.
Langsam, ganz, ganz langsam lasse ich ihn in meinem Mund verschwinden, lehne mich zurück, die Augen noch immer geschlossen. Welch ein Genuss, welch sinnliches Erlebnis. Mir tun die Menschen leid, die dieses Glück nie erfahren haben, oder die dem nichts abgewinnen können. Meine Zunge betastet dieses fremde Etwas, spielt damit, schleckt und leckt mal hier, mal da, schiebt es im Mund hin und her. Die Zähne dürfen nicht mitspielen. Leise schmatzende Geräusche sind zu hören, aber die bekommt zum Glück niemand mit und es sieht mich auch niemand, ich hab ja die Augen geschlossen. Gut so!
Hmm ..., er schmeckt so unbeschreiblich gut und er riecht so köstlich. Er hat diesen unnachahmlichen Duft, der mich immer wieder aufs Neue schwach werden lässt, so nach Schokolade und etwas nach Orange.
Er kitzelt meinen Gaumen, und die Geschmacksknospen meiner kleinen spitzen Leckerschmeckerzunge jubilieren. Benommen bin ich fast von diesem Abenteuer, bin versunken in Schmecken, Riechen, Fühlen. Für mich ist dieses Ritual eine besondere Form der Meditation, ich bin dabei ganz bei mir, nichts Anderes nehme ich in diesem Moment wahr.
Wie lange werde ich heute durchhalten? Beim ersten Mal waren es nur zwei Minuten, mittlerweile bin ich bei sechs Minuten angelangt. Eine gute Zeit, wie ich finde. Ich versuche, es so lange wie möglich hinauszuzögern.

Viele musste ich testen, bevor ich den Richtigen gefunden hatte, aber dieser hier ist einfach göttlich. Er hat einen exzellenten Ge-

schmack, der unübertroffen ist, wenn er sich in mir auflöst und seinen sahnigen Schmelz in meinem Mund verteilt.

Nach und nach wird er kleiner, und jedes Tröpfchen dieser himmlischen Sünde hinterlässt einen unglaublich guten Geschmack, wirkt noch lange nach.

Zufrieden, mit Glückhormonen aufgeputscht, öffne ich langsam meine Augen und trinke einen starken, schwarzen Kaffee. Manchmal bevorzuge ich auch einen trockenen Rotwein.

Herrlich, diese kleinen Leckereien, diese kleinen Sünden, dieser Riegel Schokolade, zartbitter und hochprozentig.

***

Susan füllte die Gläser mit Rotwein und setzte sich zu ihrem Mann. Sie schob sich einen Schokoriegel in der Art, wie sie es vorgelesen hatte, zwischen die Lippen und ließ Malte von der anderen Seite die süße Verführung kosten.

»Zu gern wäre ich dein Schokoriegel«, flüsterte Malte und küsste Susan die Schokoreste von den Lippen.

12. Dezember

Gutschein
für
einen Weihnachtsmarktbesuch

In dem Adventskalender fand Malte eine rote Zipfelmütze, passend zu seinem heutigen Gutschein. Vielleicht sollte sie ihn auf den Abend einstimmen und ihm das Adventsfeeling näherbringen. Er probierte die Mütze gleich an und musste laut lachen. Es sah zu dämlich aus, aber Susan bestand darauf, dass er das Teil zum Weihnachtsmarktbesuch aufsetzen sollte.

Sie selbst schob sich einen Haarreif in ihre dunklen Locken, mit einer Art Heiligenschein oben drauf und pappte sich die Engelsflügel auf den Rücken.

»Du bist mir eine schöne Scheinheilige«, brummte Malte unter seiner roten Mütze. »Hoffentlich ist es nicht so voll, denn darauf habe ich überhaupt keine Lust.«

»Ach, bestimmt nicht, ist ja schließlich kein Wochenende und es ist noch früh. Um diese Zeit sind wahrscheinlich viele Stammtische und Firmen unterwegs.«

»Oder Familien, mit ihren Kleinkindern. Es gibt doch nichts Schöneres für so einen kleinen Dötz, als im Feuerwehrauto des Kinderkarussells zu sitzen.« Als kleiner Junge wollte Malte unbedingt Feuerwehrmann werden und kein Karussell war vor ihm sicher.

»Oder als Mädchen auf einem Pferd«, erwiderte Susan und zog Malte weiter, zum nächsten Glühweinstand.

»Weißen Glühpunsch für meinen Engel!«, rief Malte der Bedienung zu.

»Auf die Weihnachtszeit und die Erfüllung langgehegter Wünsche und Träume«, kicherte Susan, hob ihr Glas und kuschelte sich an ihren Mann.

»Susan als Weihnachtsengel, ist das süß!«, kam es aus einer Gruppe Männer, die sich in die Bude drängte. Anscheinend hatten sie schon einige Glühwein getrunken und waren gut drauf. Abrupt drehte Susan sich um, als sie ihren Namen hörte. Sie wollte wissen, wer hinter ihr dumme Sprüche klopfte. Leider ging dabei ein Glas zu Bruch. Susans Flügelchen waren nicht für das himmlische Bodenpersonal geeignet.

»Ach du bist das Lucas! Das tut mir aber echt leid.« Sie wandte sich ihrem früheren Arbeitskollegen zu, der wie der Rest der Truppe mit einer roten blinkenden Nikolausmütze herumlief. »Wie gefällt dir denn meine engelsgleiche Erscheinung?« Susan drückte Lucas erstmal ihr Glas in die Hand und Malte bestellte einen neuen Punsch.

»Engelchen, du gefällst mir in jedem Outfit. Das solltest du doch längst wissen. Wir vermissen dich alle in der Firma.« Schmachtend sah er sie mit punschverklärtem Blick an. Die anderen Kollegen stimmten ihm zu und hatten nur noch Augen für Susan. Sie ließen es sich nicht nehmen, ihr einen auszugeben, und taten so, als ob Malte nicht anwesend wäre. Kinderpunsch wollten sie nicht für ihn bestellen.

»Ich geh mal eben wohin. Kann ich dich mit den Kerlen allein lassen?« Unsicher schaute Malte seine Süße an, die den dritten oder vierten Punsch schlürfte und als Weihnachtsengel verkleidet mit Lucas und seinen Kollegen flirtete, wie ein Teufelchen.

Ihr glockenhelles Gekicher ging in dem Singsang der Männer unter, die reichlich laut ›Last Christmas …‹ in den unterschiedlichsten Tonlagen grölten. Bei jedem Anstoßen ließen sie die Becher klirren und schmetterten ein *Hohoho*.

»Da ist der glückliche Gatte unseres Engelchens ja wieder.«

Malte ging nicht auf die Bemerkung ein, doch Lucas, der mit verklärtem Blick neben Susan stand, war in Laberlaune. Schmachtend sang er: *Last Christmas, she's braking my heart,* und ließ seinen Erinnerungen an eine Weihnachtsfeier, bei der Susan angeblich wild mit ihm geknutscht haben sollte, freien Lauf.

»Sie hat so ein scharfes Schnütchen, deine Braut. Und überhaupt, sie war für jeden Spaß zu haben.«, stammelte Lucas anzüglich und tätschelte Susans Wange.

»Ich bin immer noch für jeden Spaß zu haben und mein Schnütchen ist noch viel schärfer geworden, nicht wahr Malte?«

Malte nickte, hob seinen Engel unter Protest vom Barhocker und beendete den Spaß. »Mein Engelchen muss jetzt zurück ins himmlische Nest. Viel Vergnügen noch.«

***

Herrlich beschwipst und anhänglich wie schon lange nicht mehr, versuchte Susan geradeaus zu gehen. Mit einigen Schlenkern gelang es ihr mehr schlecht als recht. Malte erhielt ihre himmlische Erlaubnis, sie auszuziehen und ins Bett zu bringen. Bei jedem Teil, dass er ihr auszog, schmetterte sie ein kräftiges *Hohoho* durchs sternengeschmückte Schlafzimmer!

An die Küsse, die Malte über ihren Körper verteilte, konnte sie sich am nächsten Morgen nicht mehr erinnern, sie war sofort selig und süß eingeschlafen.

»Mein wunderschöner Engel«, flüsterte Malte in ihr schlafendes Ohr. »Ich habe mich noch nie so sehr auf Weihnachten gefreut, wie in diesem Jahr.«

13. Dezember

Susan ärgerte sich, dass sie verpennt hatte. Wieso hatte Malte sie denn nicht geweckt? Oder war sie wieder eingeschlafen? Sie wusste es nicht, ihr Kopf brummte, der letzte Glühpunsch war definitiv einer zu viel gewesen. Zu gern hätte sie Maltes Gesicht beim Öffnen des Adventskalenders gesehen. Aber er war schon weg und sie musste sich beeilen, ins Büro zu kommen.

Kein Gutschein!

Heute Abend schreiben wir Weihnachtskarten.

Malte zog ein langes Gesicht. Eine kleine Süßigkeit und eine Karte, die keinen Gutschein enthielt, war das Einzige, das er aus dem Kalender holte. *Kein Wunder,* dachte Malte, *dreizehn ist nun mal nicht meine Glückszahl! Und schon wieder hat Susan über meine Freizeit bestimmt!*

Jedes Jahr versuchte Malte, sich vor dem Weihnachtskartenschreiben zu drücken. Das war für ihn so ziemlich das Letzte, womit man sich aufhalten musste. Im Zeitalter von Facebook, SMS und WhatsApp, hielt er es für völlig überflüssig, für teures Geld Karten zu kaufen, sie zu frankieren und dann noch nicht einmal sicher sein zu können, ob die Post pünktlich zum Fest ankommen würde.

Brummend grübelte er darüber nach, wie er aus der Nummer herauskommen könnte.

***

Wie soll man sich da bloß entscheiden, dachte Susan und drehte den Kartenständer ein Stückchen weiter. Die Weihnachtskarten sahen aber auch zu schön aus. Manche waren mit Glitzer verziert, andere wiederum zeigten einen gezeichneten Stern, oder sie hatten ein geprägtes Motiv und einen witzigen Spruch.

Susans Mittagspause reichte nur selten aus, wenn sie einen Abstecher in den kleinen Secondhandshop machte, der nur ein paar Meter von ihrem Büro entfernt war. Es gab in dem Laden nicht nur hochwertige Klamotten, sondern auch total witzige Mitbringsel und andere schöne Dinge. Immer entdeckte sie etwas, das sie zwar nicht wirklich brauchte, aber das unbedingt zu ihr wollte. Gern stöberte sie in den Regalen, und nach einem kleinen, netten Pläuschchen mit der Verkäuferin war sie auf die Idee mit den Karten gekommen.

Mit einem Blick auf die Uhr entschied sie sich für zehn Karten. *Das muss genügen,* dachte Susan und fügte dann doch noch zwei hinzu.

***

Susan hatte die Karten bereits dekorativ auf dem Tisch ausgebreitet, als Malte nach Hause kam. Stifte, bunte Umschläge, Sticker und Glitzerkram lagen bereit und der Weihnachtssender im Radio verbreitete die passende Stimmung.

»Alle Jahre wieder …«, sagte Malte genervt und deutete auf das Schreibzeug. »Und jedes Jahr diese dämlichen Karten. Muss das denn wirklich sein? Wem müssen wir denn diesmal alles schreiben?« Die Keksdose und der Tee stimmten ihn gleich etwas versöhnlicher. Amüsiert schüttelte er den Kopf, als er die Karten mit den Sternen und dem herzigen Elch mit dem treuen Blick ansah. »Ausgeprägte Elchschwäche!«, diagnostizierte er.

»Sind die nicht süß?«, rief Susan und zeigte auf ihre Lieblingskarten. »Ich habe die Liste mit den Empfängern schon vorbereitet. Du fünf und ich fünf. Du weißt doch, wie sehr sich deine Eltern über Weihnachtspost freuen. Ach Malte, nun guck nicht so, das haben wir schnell erledigt.«

Malte grummelte noch ein wenig vor sich hin, sortierte die Karten, drehte sie zwischen den Fingern hin und her. Einfach nur *Frohe Weihnachten*, wollte er auch nicht schreiben, dann sollte es auch ein persönlicher Gruß werden, der von Herzen kommt. Nach einigem Zögern griff er zum Füller. Nach der ersten Karte fielen ihm die Grüße überhaupt nicht mehr schwer, die Rückseiten reichten kaum aus für seine Botschaften. Nachdem er die letzte Karte eng beschrieben hatte, schob Susan ihm eine besonders schöne Karte mit einem goldenen Stern und weißer Schrift hinüber.

»Was ist das denn? Ich habe meine Weihnachtspost doch schon erledigt. Oder ist das ein Joker?« Belustigt schaute er auf den Umschlag. Die Adresse kam ihm bekannt vor, es war seine eigene.

»Sag mal Susan, was haben die dir gestern in den Punsch getan? Jetzt soll ich auch dir noch Weihnachtspost schicken???« Maltes Blick sagte ihr: *du tickst doch nicht ganz richtig.* »Du hast aber auch manchmal seltsame Ideen!«

»Bitte Malte! Ich würde mich so riesig freuen, wenn du mir einen ganz persönlichen Weihnachtsgruß schickst, oder auch einen Brief. Wann macht man das denn noch, wenn man als Paar zusammen ist? Wir haben uns in unserer Kennenlernphase doch so oft Briefe geschrieben, ich habe sie im Keller in einer Schachtel wiedergefunden.«

Ihrem bittenden Blick konnte Malte nicht widerstehen. »Für

diese Karte brauche ich aber Ruhe, mein Engelchen. Das kann ich nicht mal eben, hier unten. Und schon gar nicht, wenn du neben mir sitzt und heimlich rüberschielst.« Malte setzte seinen Welpenblick, wie Susan ihn nannte, auf. »Bekomme ich denn dann auch Weihnachtspost von dir?«

»Ja mein Schatz, einen Liebesbrief von der Weihnachtsfrau!«, erwiderte Susan zärtlich. Strahlend zeigte sie ihm eine Karte mit einem lachenden Elch darauf und vergaß für einen Moment, dass sie sich das Küssen für die Adventssonntage aufheben wollten.

***

»Malte, was hast du mir denn Schönes geschrieben?«, fragte Susan vorm Einschlafen. Aber sie wollte es nicht wirklich wissen. Sie würde die beiden Briefe ihren Eltern geben. Die sollten sie pünktlich zu Weihnachten in den Briefkasten stecken.

»Weihnachtsgeheimnis«, murmelte Malte, legte seinen Arm um Susan und schlief ein.

14. Dezember

Gutschein
für
einen prickelnden Filmabend

Noch im Schlafanzug öffnete Malte den Adventskalender. Er hatte so gut wie seit langem nicht mehr geschlafen. Als er aufwachte, lag Susan immer noch in seinem Arm. Liebevoll betrachtete er sie und lauschte ihrem leisen Atem. Er hauchte einen Kuss auf ihr Haar und ließ sie noch einen Moment schlafen.

Während er den Kaffee anstellte, öffnete Malte das Brieflein, das dazu gehörte. Die Tüte Popcorn legte er beiseite, am frühen Morgen stand ihm danach noch nicht der Sinn.

Mein Schatz, das Kino und den Film darfst du aussuchen. Wenn du willst, darf es auch Heimkino sein. Gern sehe ich mir mit dir zusammen einen prickelnden erotischen Film an. Nur bitte keinen Western und keinen Actionfilm. Ich bin sicher, du lässt dir etwas Schönes einfallen. Ich habe auch schon ein paar nette Ideen und werde für das nötige Ambiente sorgen. Du kannst sicher sein, es wird ein sehr inspirierender Abend für uns.

***

Schmunzelnd deckte Malte den Frühstückstisch und weckte dann seine Süße.

»Danke für den Gutschein, mein Schatz. Ich weiß schon, welchen Film ich mit dir sehen möchte. Und nach dem Kino werde ich dich verwöhnen, wie es im Film nicht schöner sein kann. – Komm, aufstehen! Das Frühstück ist fertig!«

15. Dezember

Gutschein
für
ein italienisches Menü in unserer Küche

Treffpunkt:
Heute Abend um 18:00 Uhr

Nun gehen meinem Schatz allmählich die Ideen aus!
Malte grinste still vor sich hin und nestelte an dem Geschenkbändchen herum. Das kleine Päckchen zu seinem Gutschein war mal wieder gut verpackt. Es sah aus, als hätte Susan es mit Bändern und Kordeln nicht nur verschnürt, sondern regelrecht eingeschnürt. Malte befühlte die Verpackung, wog es in seiner Hand. Es war leicht und weich, sofort kamen ihm Socken in den Sinn. Umso mehr freute er sich, dass er sich getäuscht hatte und ein Stückchen Stoff auseinanderfaltete.

Anerkennend pfiff er durch die Zähne, als er den Spruch auf dem Geschirrtuch las. In Neonfarben stand dort: *Mach schmutzige Sachen mit mir!* An den Aufhänger hatte sie ein Kärtchen geklammert: *Aber noch nicht heute Abend!*

Immer diese Einschränkungen, dachte Malte und ihm war klar, dass es in diesem Winter in der Küche heiß hergehen würde. *Garantiert meint Susan mit den schmutzigen Sachen nicht den Abwasch!*

***

Pünktlich um 18:00 Uhr fand Malte sich mit dem Geschirrtuch in der Küche ein.

»Was meinst du denn damit, meine Süße?«, feixend deutete er auf den Spruch. »Schmutzige Sachen? Ich dachte, du bist ein anständiges Mädchen?«

»Ich bin sicher, da wird dir was einfallen. Ich erinnere nur mal an deinen Wunschzettel, die Sache mit der Ballonfahrt.« Susan goss die Nudeln ab und ließ sich nicht aus der Ruhe bringen.»Setzt dich schon mal, das Essen ist gleich fertig.« Kerzen und Lichterketten sorgten für eine stimmungsvolle Atmosphäre. Der Tisch war in den Farben Grün-Weiß-Rot gedeckt und Malte fragte sich, ob Susan die italienischen Nationalfarben wohl passend zum Essen ausgewählt hatte, oder einfach, weil es die traditionellen Weihnachtsfarben waren. Der Tomaten-Mozzarella-Salat passte jedenfalls perfekt zur Deko.

Susan häufte einen Berg Pasta, mit Kirschtomaten, Pesto und Mozzarella-Würfeln auf Maltes Teller. »Guten Appetit, mein Schatz. Lass es dir schmecken.«

»Danke, ich habe einen Mordshunger.« Plötzlich legte er den Löffel zurück auf seinen Teller und schaute Susan fragend an. »Sag mal, was sind das denn für komische Nudeln?«

»Ganz normale Nudeln. Wieso? Probier sie doch erst einmal.« Susan aß mit Appetit weiter.

»Kannst du mal ein bisschen mehr Licht machen? Bei dieser Beleuchtung sieht man ja nicht, was man auf dem Teller hat.« Er stocherte in den Nudeln herum und sein Mordshunger schien verflogen zu sein.

»Was ist denn? Ich esse das doch auch! Glaubst du, ich habe

dir etwas ins Essen getan?« Susan amüsierte sich zusehends und dimmte das Licht etwas heller. »Gut so?«

Malte starrte auf seinen Teller. »Oh nein Susan! Das kann ich nicht essen, die sehen ja komisch aus. Das sind ja Penis-Nudeln!!!«

»Ja und? Sind die nicht witzig?«, sagte Susan und ließ die Nudeln genüsslich in ihren Mund gleiten. »Mensch Malte, du verstehst doch Spaß? Schmeckt super gut!« Malte machte sich stattdessen über seinen Salat her.

»Möchtest du lieber Nudeln in Form von Busen essen? Kannst du haben!« Sie tauschte die Teller und holte lachend einen zweiten Topf, in dem sie für Malte das gleiche Gericht mit Busen-Nudeln vorbereitet hatte.

»Das fängt ja gut an, du machst ja jetzt schon schmutzige Sachen mit mir«, empörte Malte sich und wischte seinen Mund mit dem Geschirrtuch ab. »Susan, Susan, du versuchst es aber auch mit allen Mitteln!«

16. Dezember

Gutschein
für
Eine Schlittenfahrt oder eine Kutschfahrt

Susan hat mal wieder umdekoriert, es wird immer weihnachtlicher, dachte Malte, als er sich an den Adventskalender heranpirschte. An dem obligatorischen Gutschein hing heute ein kleiner Elch.

Im Flur stand mittlerweile ein Riesenelch mit einem mächtigen Geweih und einem Blick, bei dem einem ganz warm ums Herz wurde und man einfach lächeln musste. Susan hatte ihn auf einer Weihnachtsausstellung entdeckt, konnte dem Rentier nicht widerstehen und hatte das unhandliche Holztier nach Hause geschleppt.

Die Sterne vermehren sich scheinbar über Nacht im ganzen Haus. Unser Neubau wird von Tag zu Tag schöner, dachte Malte. Es war sofort zu erkennen, dass Susans liebevolles Händchen hier am Werk gewesen war. Malte wünschte sich jeden Tag etwas mehr, dass ihr liebevolles Händchen auch bei ihm mal wieder am Werk sein würde. *Wie konnte ich nur so dämlich sein und Susan bitten, die Finger von mir zu lassen?*

***

Umständlich zog er den Adventsbrief aus dem Säckchen hervor.

Mein liebster Schatz!

Schon immer wollte ich mit dir eine Schlittenfahrt machen und wünsche mir nichts sehnlicher, als an einem eisigen Wintertag, eingehüllt in Decken, mit Puschelmütze und heißer Schokolade durch einen verschneiten Winterwald zu fahren.

Auf dem Kutschbock stelle ich mir einen alten Mann vor, der aussieht wie der Weihnachtsmann und der uns stillschweigend durch eine Winterzauberwelt kutschiert.

Unter der warmen Decke können wir heimlich und heimelig kuscheln und küssen. Mehr allerdings nicht, denn das würde nicht zu der Stimmung passen. Von Rentieren wird der Schlitten wahrscheinlich wohl nicht gezogen werden, aber Pferde wären für mich auch in Ordnung.

Wie wäre es denn, lieber Malte, wenn du mir nach der Schlittenfahrt in unserem Wellnesshotel den Elch, oder das Rentier machst (Grins!), und dein durchgefrorenes Rentiermädchen wieder aufwärmst? Hoffentlich hast du noch nicht vergessen, wie du mich anheizen kannst?

Nun bekomm nicht gleich wieder den Panikblick! Nein, du musst dich nicht verkleiden und du musst dafür auch keine rote Nase, wie Rudolph das Rentier, aufsetzen. Obwohl du damit bestimmt ganz süß aussehen würdest. ;-)

Viele tausend Sternengrüße und himmlische Küsse von Deinem Rentiermädchen Susan.

Mach mir den Elch!!!

17. Dezember

Gutschein
für
eine Verwöhnmassage
Treffpunkt heute Abend am Kamin!

Maltes Grinsen glich dem eines weihnachtlichen Rentieres, als er seinen Gutschein entfaltete und dazu einen Schokoriegel und ein wohlriechendes Massageöl vorfand.

Bei dem Gedanken an Susans Hände, die seinen Rücken liebevoll bearbeiten würden, und hoffentlich nicht nur den, wurde ihm ganz warm. Nach dem weihnachtlichen Stress der vergangenen Wochen in der Firma konnte er eine Massage sehr gut gebrauchen.

Susan war Expertin darin, mit ihren Händen und auch mit Worten Verspannungen zu lösen, das wusste er aus eigener Erfahrung. Er liebte es, wenn sie sich Geschichten ausdachte und munter drauflos plauderte. Ihre Stimme nahm dann einen anderen Klang an und sie schaffte es immer wieder, ihn auf diese Weise in andere Welten zu entführen.

»Sag mal Schatz, muss ich mich für die Massage eigentlich ganz ausziehen? Willst du mal wieder einen nackten Mann sehen und fühlen?« Übermütig wuschelte er Susan durch die

Haare. »Gib's zu, du hältst es nicht mehr aus, und die Massage ist nur ein Vorwand für ein erotisches Fastenbrechen! – Ich werde mich dann mal um das Kaminholz kümmern, damit es schön kuschelig warm ist!«

»So, meinst du? Dann lass dich mal überraschen!«, rief sie ihm hinterher, als er sich mit Pudelmütze und Schal in die eisige Kälte wagte. »Der Wochenendeinkauf ist heute auch noch dran, das ist deine Aufgabe! Am Tag vor Heiligabend sind die Geschäfte viel zu voll. Den größten Teil kannst du heute schon einkaufen.«

»Muss das wirklich sein?« Einkaufen gehörte definitiv nicht zu seinen Lieblingsbeschäftigungen. Mit der Aussicht auf die versprochene Massage ergab Malte sich leise murrend in sein Schicksal.

Er hat ja so recht, dachte Susan, *es ist ein Vorwand*. Doch bei der roten Socke ihrer Freundin hatte sie geschworen, der Versuchung zu widerstehen. Die letzten paar Tage bis Weihnachten würde sie auch noch durchhalten.

***

»Hmm, hier riecht es aber gut. Richtig weihnachtlich!«, rief Malte und beeilte sich, die Getränkekisten und Vorräte in den Keller zu bringen. Malte schnupperte noch einmal, ein Duft von Tannengrün und Kaminfeuer vermischt mit Schokolade und Orangen stieg ihm in die Nase.

»Susan? Ich bin wieder da! Soll ich mich jetzt startklar machen für meine Adventsüberraschung?« Malte steckte den Kopf zur Küchentür herein. Susan stand am Herd und rührte im Topf. »Was wird das denn?«

»Heiße Schokolade, mein Schatz! Beeil dich, ich habe alles vorbereitet und kann es kaum erwarten.«

Frisch geduscht und rasiert, mit hoffnungsvollem Verführerblick folgte Malte den verlockenden Düften. Susan empfing ihren Liebsten vor dem Kamin, mit einem Becher heißer Schokolade. Selbst den Becher zierte ein Sternenmuster, wie er sofort belustigt registrierte. Malte sah mittlerweile überall Sterne und wusste, dass Susan auf diese Feinheiten großen Wert legte.

»Kakao???«, fragte er erstaunt. »Ich hatte eher an einen guten Rotwein gedacht. Meine liebe Susan ist doch immer wieder für Überraschungen gut!«, sagte er und schaute sich leicht irritiert um. Irgendwie sah das Wohnzimmer heute ganz anders aus. Das Kaminfeuer knisterte und zischte vor sich hin, die Vorhänge waren zugezogen und auf dem Boden hatte Susan eine Art Liegelandschaft improvisiert.

»Irgendwie riecht es im ganzen Haus nach Schokolade.« Malte nippte an seinem Kakao. Ihm fiel auf, dass Susan den Massagebereich in passenden Farbtönen zu dem Getränk gestaltet hatte. Ein dunkelbraunes, überdimensionales Badelaken lag über den gestapelten Auflagen der Gartenliege und überall hatte sie samtige, dunkle Kissen drapiert.

»Wo hast du denn das braune Handtuch wieder ausgegraben? Wolltest du das nicht längst entsorgen? Du magst doch gar kein Braun.«

»Mag ich auch eigentlich nicht«, erwiderte Susan. »Aber für diese Zwecke ist es optimal.«

»Der Kakao schmeckt heute anders als sonst. Wie hast du den zubereitet? Er ist nicht so süß und viel schokoladiger. – Der schmeckt sündhaft gut.« Malte schlürfte einen Schluck und grinste anzüglich. »Und im Abgang hat er eine gewisse Schärfe, so wie du!«

»Süß und scharf, so magst du es doch am liebsten, oder? Ich habe eine Vanilleschote hineingetan und einen winzigen Hauch Chili darüber gestäubt. Und …, nun rate mal, was ich noch gemacht habe?« Susan zeigte auf ein Tellerchen, auf dem sich Schokoladenkugeln in schwarz, braun und weiß türmten. »Du darfst aber nur eine davon probieren.«

»Susan, du bist ja wirklich süß! Hast du das alles heute Nachmittag noch gemacht? Kein Wunder, dass es im ganzen Haus nach Schokolade duftet.« Malte nahm eine schwarzbraune Kugel, feingezuckert und mit einem cremigen Innenleben, das seinen Gaumen noch kitzelte, als er bereits auf der improvisierten Massageliege lag.

***

»Und jetzt mein Schatz, leg dich ganz bequem hin und schließe deine Augen.« Susan stellte leise Musik an und redete in einem flüsterndem Singsang-Ton vor sich hin. »Und wenn du eine angenehme Position gefunden hast, mein liebster Malte, ziehe ich mich auch aus, damit ich dich besser massieren kann. Es könnte etwas schmierig werden.«

Sanft schob sie Maltes Hand zurück und tat so, als hätte sie seinen Blinzelversuch nicht bemerkt. Sie verteilte ein wenig Massageflüssigkeit in ihren Händen und widmete sich seinem Rücken, wobei sie wieder in ihren einlullenden Fantasiereisen-Ton verfiel.

»Stell dir vor, du bist im Schokoladenhimmel. Deine Masseurin sieht aus wie ein wunderschöner Weihnachtsengel, nur nicht ganz so unschuldig. Sie hat kostbare Zutaten miteinander vermischt und ihr größtes Glück ist es, wenn sie dich entspannen und verwöhnen kann. Heute darfst du eine himmlische Massage von ihr mit warmer, flüssiger Schokolade genießen. Und ab jetzt spricht sie nur noch mit ihren Händen zu dir. Bitte sag auch du nichts mehr, lass es uns schweigend genießen.«

»Hmm! Vielleicht vernascht mich der Engel danach wie einen Schokoladennikolaus …?«, murmelte Malte noch in sein Laken, bevor er vollkommen ruhig und regungslos liegenblieb.

Susan fühlte, wie seine Anspannung unter ihren langsam kreisenden Bewegungen dahinschmolz. Mit Hingabe widmete sie sich seiner Nacken- und Rückenpartie, beugte sich über ihn und malte mit ihren Fingern ein Herz in die schokoladige Masse auf seinem Rücken. Sie spürte die Muskeln unter seiner Haut und schleckte an manchen Stellen mit der Zunge darüber. Die Massageschokolade hatte sie nach einem alten Rezept selbst hergestellt, enthalten war nur Kakaobutter, Sheabutter, Kakaopulver und etwas reines Mandelöl.

*Er ist so schön und er ist **mein Mann**,* dachte Susan und ihr Herz floss über vor Liebe, als sie ihn betrachtete. So konnte sie ihrem Liebsten ganz nahe sein, konnte ihn berühren, verwöhnen, seinen wundervollen Körper ungeniert anschauen, auch wenn es ihr verdammt schwerfiel, nicht über ihn herzufallen. Sie glitschte mit ihren Händen abwärts, massierte seinen Po, glitt ein paarmal aus, zwischen seine Beine und spürte nicht nur die Hitze des Kaminfeuers in sich aufsteigen. Mit den Händen fuhr sie wieder nach oben, machte sich lang und legte sich vollständig auf Maltes Rückseite. Auf diese Weise massierte sie ihn mit ihrem ganzen Körper. Mit schokoladigen Fingern streichelte sie seinen Nacken, zupfte an den Ohrmuscheln und flüsterte kaum hörbar: »Malte, ich liebe dich.«

»Hm. Mein Schokoengel, bleib so. Lass mich dich fühlen.« Maltes Fingerspitzen bewegten sich, krabbelten seitlich hoch zu Susans Po und streichelten all die Stellen, die seine Hände erreichen konnten.

Nur zu gern kam Susan dieser Bitte nach und blieb noch eine Weile auf ihrem Schatz liegen. Sie hörten dem Knistern des Feuers zu, hielten sich auf an den Händen und gingen nach einer gefühlten Ewigkeit gemeinsam unter die Dusche. Vor dem Spiegel brachen sie in schallendes Gelächter aus, sie waren total verschmiert und ebenso entspannt.

»Du bist so süß«, sagte Malte und schleckte ein wenig Schokolade von Susans Vorderseite.

»Mehr gibt es heute nicht, mein Schatz«, wies sie ihn zurecht und erinnerte schweren Herzens an die Vereinbarung.

18. Dezember

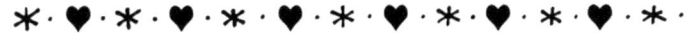

Gutschein
für
Weihnachtszauber und Gesang

Der Abend im Zeichen der Schokolade und die darauffolgende Nacht wirkten noch in Malte nach. Auch wenn er sich nach der Massage schweren Herzens an die verflixte Abmachung gehalten hatte, hatte er doch unglaublich innige Momente mit seiner Susan erlebt. Im Bett hatten sie sich aneinandergekuschelt und die halbe Nacht über sich, über ihre Beziehung, ihre Gefühle und ihre Wünsche an die gemeinsame Zukunft geredet. Ein gemütlicher Adventssonntag mit Kerzen, Keksen und Küssen schien ihm perfekt, um das letzte Adventswochenende gebührend ausklingen zu lassen. *Weihnachtszauber und Gesang! Das soll mir recht sein,* dachte Malte.

***

»Wann muss ich mich denn einfinden zum Weihnachtszauber? Treffpunkt wieder vorm Kamin?« Malte strahlte sie an. Es hing noch immer der Duft von Schokolade in der Luft.

»Ja, mein Schokoschatz, Treffpunkt wieder am Kamin. Wenn ich von meinem Besuch bei Lena zurück bin. So gegen vier, halb fünf. Du kannst den Kamin schon anzünden und ein bisschen fernsehen.«

»Ach so? Soll ich mich mit den alljährlichen Weihnachtsfilmen einstimmen, damit ich nicht auf dumme Gedanken komme?«

»Du kannst machen, was du willst. Du darfst nur nicht in mein Bastelzimmer gehen.«

»Dann schließ es vorsichtshalber ab. Was hast du denn da Geheimnisvolles versteckt?«

»Jede Menge Weihnachtsgeschenke und Bastelkram, wenn du es genau wissen willst.«

»Weihnachtsgeschenke für mich??? Wir haben doch gesagt, dass wir uns in diesem Jahr nichts schenken wollen? Susan, bring mich jetzt bloß nicht Schwierigkeiten!«

»Wer sagt denn, dass es Geschenke für dich sind?«

»Für wen denn sonst, wenn du mir verbietest, das Zimmer zu betreten?«

»The same procedure as every year, Malte?« Susan zwinkerte, es war jedes Jahr das Gleiche. Sobald im Herbst die ersten Nikoläuse in den Regalen standen, versprachen sie sich, einander nichts zu schenken und überraschten sich dann gegenseitig.

»The same procedure as last year, Miss Susan!«

***

»Zieh es doch noch einmal an, falls noch etwas geändert werden muss.« Vorsichtig drapierte Lena den weißen Tüll an der Schneiderpuppe. »Ich musste ihn schon vor Emma retten«, lachte Lena und erzählte, dass ihre Tochter immer wieder versucht hatte, den Rock in die Finger zu bekommen.

»Natürlich probiere ich den Rock noch einmal an. Ich habe auch die anderen Sachen mitgebracht. Hier, sieh mal!« Susan kramte in ihrer Handtasche und holte lauter winzige, weiße Wäscheteilchen hervor, während Lena Kekse und Tee auf den Tisch stellte.

Susan schlüpfte in eine Wolke aus Tüll und drehte sich vor dem Spiegel im Kreis.

»Jetzt nur noch die Engelsflügel, dann bist du perfekt. Wie läuft's denn mit deinem Adventskalender? Seid ihr immer noch schön brav?« Lena musterte ihre Freundin, die bei der Frage tatsächlich ein bisschen rot wurde. »Ne, nicht?«

»Nein Lena, nicht was du denkst. Wir sind bisher nicht übereinander hergefallen und ich habe bei deiner roten Socke geschworen, dass ich die restlichen Tage auch noch irgendwie durchstehe. Es ist verdammt schwer, besonders für Malte. Du glaubst gar nicht, wie wirkungsvoll meine Überraschungen sind«, kicherte Susan und schob sich einen Zimtstern in den Mund.

»So wie du gerade strahlst, kann ich mir sehr gut vorstellen, dass du mit allen Tricks arbeitest. – So, du kannst den Rock wieder ausziehen, es muss nichts mehr geändert werden. Schick mir ein Foto, wenn du zuhause in voller Montur bist. Malte macht das bestimmt gerne.«

»Klar, mache ich. Jetzt muss ich aber auch los.«

»Es bleibt doch bei unserer kleinen Weihnachtsfeier am Dienstag? Du kommst doch, oder hast du es dir anders überlegt?«

»Oh ja! Ich bin dabei.« Lena stopfte den Tüllrock in eine Tüte und Susan machte sich Weihnachtslieder summend auf den Heimweg.

***

»Wann geht es denn nun los mit Weihnachtszauber und Gesang?«, wollte Malte wissen und schaltete den Fernseher aus.

»Gib mir noch zehn Minuten, dann ist es soweit.« Susan verschwand noch immer weihnachtlich summend nach oben in ihr Bastelzimmer. Blitzschnell zog sie sich um, schnallte die Engelsflügel an, legte ein wenig Rouge und Lipgloss auf und läutete mit einem Glöckchen ihre Adventsüberraschung ein.

»Oho! Das nennt sich also Winterzauber«, rief Malte und war sichtlich beeindruckt.

Susan entzündete alle vier Kerzen auf dem Adventskranz, stellte Weihnachtsbecher, eine Kanne Tee und Liebesgrübchen auf den Tisch.

»Heute bin ich die Winterfee«, säuselte Susan mit einem strahlenden Lächeln, das selbst Eisberge zum Schmelzen gebracht hätte. »Ich wünsche mir eine weiße Weihnacht und will auf diese Weise den Winter ein wenig locken.«

Susan drehte sich in ihrer weißen Wolke aus Tüll, die nur knapp ihren Po bedeckte und die Strumpfbänder darunter hervorblitzen ließ. Sie trug dazu einen weißen, transparenten Spitzenbody, lange weiße Handschuhe mit Puschelrand und natürlich die Engelsflügel. Die dunklen Locken fielen ihr weich bis über die Schultern, die sie mit einem goldenen Sternenhaarreif gebändigt hatte.

»Ich beginne dann mal mit dem Lied *Jingle Bells*«, kündigte sie so an, als ob sie vor einem großen Publikum stehen würde. Susan sang für ihr Leben gern und ließ bei dem Song noch ein Glöckchen klingen. Sie unterstrich die Darbietung zusätzlich mit einem kecken Hüftschwung, den sie in dem Burlesque-Kurs gelernt hatte.

Malte fing auch an zu summen und wippte den Takt mit. Begeistert sah er seiner Frau zu, die ihm anscheinend eine ganz persönliche Adventsshow bot.

Nach der letzten Strophe verbeugte sie sich nach allen Seiten, sodass sie ihrem Zuschauer ihren verrückten Po präsentieren konnte.

»Noch ein Lied! Bitte!« Malte klatschte in die Hände und forderte eine Zugabe.

»Nun gut. Als Nächstes singe ich *Schneeflöckchen, Weißröck-chen* ... «

Mit unschuldigem Augenaufschlag trällerte sie los:

Schneeflöckchen, Weißröckchen,
wann kommst du geschneit ...

Mit glockenheller Stimme sang Susan alle vier Strophen und unterstrich den Text mit passenden Gesten.

Am Ende verbeugte sie sich wieder zu allen Seiten, wackelte mit dem Po und fasste sich an den Busen, als ob sie Schnee-bälle in Händen hielt, mit denen sie auf Malte zielte.

»Susan, du verrücktes Weib!« Malte tat so, als hätte er einen Ball gefangen, sprang auf, küsste seinen Engel leidenschaftlich und wirbelte mit ihr summend durch den Raum. »So wie du Weihnachtslieder singst, kann man einfach nicht anständig und ruhig sitzen bleiben. Von wegen besinnlich! Bitte noch ein Lied, meine geliebte Winterfee.«

»Gut, eins habe ich noch«, antwortete sie außer Atem und kicherte kaum wahrnehmbar vor sich hin. »Speziell für dich, liebster Malte. Es ist eine etwas neuere Version von Schnee-flöckchen, Weißröckchen.«

Sie begab sich wieder in Position und begann leise zu singen.

Oh Malte, mein Malte,
Wann bist du soweit?
Wann woll'n wir uns lieben,
Ich bin schon bereit.

Komm und leg dich gleich zu mir,
Du mein liebster Mann.
Verführ mich mit Worten,
Und dann nimm mich richtig ran.

Oh Malte, nun deck mich,
mit deinem Körper ganz zu.
Meine M…i kann nicht mehr warten,
sie gibt keine Ruh.

Oh Malte, mein Malte,
Komm hinein in mein Tal.
Lass uns lieben, nicht nur einmal,
Sondern gleich noch zweimal.

»Susan«, hüstelte Malte mit rauer Stimme. »War das jetzt eine Aufforderung? Jetzt gleich? Ich bin bereit!« Schon stand er vor ihr und seine Hände suchten sich einen Weg unter den bauschigen Tüll. »Komm her mein Engel, dein Teufelchen glüht vor Verlangen.«

Susan genoss für einen etwas längeren Moment die Zärtlichkeiten, Maltes Hände, die jene Stellen liebkosten, die seit Wochen fast unberührt geblieben waren. Schweren Herzens löste sie sich von ihrem Mann und sang noch eine improvisierte Strophe.

Oh Malte, mein Malte,
dieser dämliche Schwur.
Wir müssen noch warten,
dann gibt es Lust und Liebe pur.

Susan verfiel wieder in die Weihnachtsmelodie und freute sich innerlich darüber, dass sie ihr Ziel erreicht hatte. Malte war nicht mehr zu bremsen und auch ihr fiel die erotische Enthaltsamkeit mit jedem Tag schwerer.

19. Dezember

Gutschein
für
eine Quickie-Flatrate
(einlösbar nur im März!)

»Eine Quickie-Flatrate???« Malte verschluckte sich an seinem Kaffee. Prustend schaute er Susan an. »Was muss ich denn darunter verstehen?«

»Malte! Tu doch nicht so, als wenn du schwer von Begriff bist. Du weißt genau, was damit gemeint ist.«

»Nee, weiß ich nicht. Soll das heißen, ich kann mit dir …, wann und wo und sooft ich will??? Den Gutschein hätte ich gestern gern eingelöst!« Malte bekam einen ganz verklärten Gesichtsausdruck. »Warum ist der Gutschein denn ausgerechnet für März ausgestellt? Bis dahin muss ich viel zu lange warten.«

Susan sah ihren Schatz streng an. »Lieber Malte, du weißt genau, was ein Quickie ist! Das bedeutet nicht, dass ich immer zur Verfügung stehen muss. Gemeint ist, wenn dir der Sinn nach einer schnellen Nummer steht und ich auch ein winziges bisschen Lust verspüren sollte, dann kannst du mich überall und so oft du willst, auf die Schnelle beglücken. Ausgenommen natürlich die Tage, wenn ich unpässlich bin. Diese Zeit hängen wir hintendran.«

»Ach so! Und was ist, wenn du überhaupt keine Lust hast?«

»Hast du das schon einmal bei mir erlebt? Bei dir ist es ja wohl etwas Anderes! Und im Übrigen habe ich den März ausgewählt, weil es dann Frühling wird und weil der Februar nur achtundzwanzig Tage hat. Das wäre doch unfair. Und im Januar willst du schätzungsweise deine anderen Gutscheine einlösen. Na, alles klar?«

»Kannst du den Gutschein nicht auf Januar ändern?«, fragte Malte mit kleinen Teufelchen im Blick.

»Den kann ich nicht ändern. Die Gutscheine hat die Weihnachtsfrau geschrieben. Und nun sieh zu, dass du zur Arbeit kommst. Du willst doch an deinem letzten Arbeitstag im Jahr nicht zu spät kommen, oder?« Susan drückte Malte das Päckchen zu dem Gutschein in die Hand und schob ihn in Richtung Haustür. Es gab noch viel zu erledigen, vor allem die Vorbereitungen für die Weihnachtsfeier am nächsten Tag, mit ihren Mädels.

***

Erst als Malte Feierabend hatte, fiel ihm das Päckchen in seiner Jackentasche ein. Fröhlich pfiff er vor sich hin, wickelte drei Lagen Papier aus und entdeckte zu seinem Erstaunen keine Schokosünden, sondern ein paar Tütchen Brausepulver, an dem ein winziger Zettel befestigt war.

Beides eine prickelnde Sache – Brausepulver und Quickie! Es prickelt kurz und heftig und Schwupps, ist es schon vorbei. Gern mixe ich dir heute Abend als Einstimmung auf deinen Urlaub einen Cocktail mit Brausepulver. Vielleicht fallen uns bei der Gelegenheit ein paar schöne Ideen für einen Quickie ein. Brausepulverkuss, Deine Susan

***

Endlich Urlaub! Malte atmete tief durch und fing im Auto an zu singen. *Oh du Fröhliche, oh du Selige, gnadenbringende Urlaubszeit,* schmetterte er und veränderte den Liedtext ein wenig. Jetzt stand dem Fest der Liebe nichts mehr im Weg.

20. Dezember

Gutschein
für
einen entspannten Saunaabend
(Heute! Nacht der Lichter)

»Wieso soll ich unbedingt heute in die Sauna gehen? Heute Abend kommt ein spannender Krimi, auf den freue ich mich schon seit Tagen. Nach Weihnachten würde mir das viel besser passen. Außerdem will ich mit dir zusammen in die Sauna gehen! Es steht kein Datum auf der Karte, dann ist sie bestimmt noch länger gültig.«

Neben dem Gutschein fand Malte eine Eintrittskarte für die nahegelegene Sauna und eine Packung von seinem Lieblingslakritz. Er blätterte in der Fernsehzeitschrift und tippte mit dem Finger auf das Abendprogramm.

»Ach Malte, freust du dich denn gar nicht?«, schmeichelte Susan. »In der Sauna ist heute die Nacht der Lichter, das soll wunderschön sein. Ich würde ja gern mitkommen, aber ich hatte dir schon vor Tagen gesagt, dass wir heute den letzten Mädelsabend in diesem Jahr haben und da wollen wir einmal ganz unter uns sein.« Sie hielt ihm den Flyer der Sauna unter die Nase. »Das verstehst du doch, nicht wahr, mein liebster Malte?«

»Ne, das verstehe ich nicht!«, brummte Malte. Der letzte Mädelsabend mit seinen Folgen war ihm noch sehr gut in Erinnerung.

»Ich lasse mich doch nicht jedes Mal wegschicken, wenn du dich mit deinen Freundinnen treffen willst. Das ist schließlich auch mein Haus!«

»Was soll das denn jetzt? Natürlich ist es auch dein Haus, das bezweifelt doch niemand. Aber deshalb musst du doch nicht jeden Abend zuhause hocken? Hast du Angst, dass du wieder etwas verpasst?«

Mit dieser trotzigen Reaktion ihres Liebsten hatte Susan nun gar nicht gerechnet. Es passte absolut nicht in ihren Plan, er würde die Runde nur stören.

»Sieh mal, es ist doch ideales Saunawetter, es ist eisig kalt. Wenn man dem Wetterbericht glauben kann, wird es in diesem Jahr tatsächlich weiße Weihnachten geben.«

»Nein Susan, ich bleibe zuhause!« Der Ton, den Malte jetzt anschlug, ließ keinen Zweifel daran, dass an seiner Entscheidung nicht zu rütteln war. »Wann kommen denn deine Mädels? Ich könnte ja den Service übernehmen und euch bewirten, bevor der Krimi anfängt.«

Susan gab sich geschlagen. »Wir fangen um 19:00 Uhr an. Wenn du unbedingt den Service machen willst, bitte. Du wirst schon sehen, was du davon hast.«

»Na siehst du! Wer hat schon einen eigenen Butler?«, feixte Malte und freute sich, dass er seinen Willen durchgesetzt hatte.

»Au ja, ein eigener Butler! Die Mädels werden begeistert sein!«, juchzte Susan nun mit einem gefährlichen Funkeln im Auge. Deinen Krimi solltest du dann besser aufzeichnen.«

»Bis der anfängt, habe ich euch doch schon mit Getränken und allem anderen versorgt.«

»Da wäre ich mir an deiner Stelle nicht so sicher. Und wenn du schon zuhause bleiben willst und uns den Butler machst, dann bitte richtig.«

»Natürlich mache ich das richtig. Glaubst du denn, ich kann keinen Prosecco servieren. Du weißt sehr gut, wie charmant ich sein kann!« Zärtlich strich er ihr eine aufgelöste Haarsträhne aus dem Gesicht und flüsterte ihr ins Ohr: »Stets zu Diensten, meine geliebte Herrin!«

Susan kicherte und gab ihrem persönlichen Diener ein paar Instruktionen. Er sollte sich entsprechend kleiden, nur sprechen, wenn er etwas gefragt wurde und ansonsten den Mädels jeden Wunsch erfüllen.

»Außerdem brauchst du als Butler einen anderen Namen. Ich werde dich Jonathan nennen und dich heute Abend siezen.«

»Das kann ich aber nicht versprechen, dass ich immer brav die Klappe halte. Was soll ich denn anziehen, gnä' Frau?« Malte amüsierte sich über seine Ernennung zum Butler.

»Jonathan«, sagte Susan und hatte eine ganz spezielle Betonung, als sie den Namen aussprach. Es hörte sich an, als wäre sie es von klein auf gewohnt, Dienstboten um sich zu haben. »Jonathan«, wiederholte sie, »zieh bitte eine von deinen Anzughosen an, ein blütenweißes Hemd, die breiten Hosenträger, die ich dir letztes Jahr geschenkt habe und binde eine Fliege um.«

»Sehr wohl!« Er verbeugte sich und wollte gerade nach oben entschwinden, da hielt Susan ihn noch einmal zurück.

»Und wenn du fertig bist, serviere mir bitte einen Kaffee, mit einem himmlischen Liebesgrübchen. Außerdem mein Notizbuch und einen Stift.«

»Sag mal, das reicht doch, wenn wir heute Abend mit dem Theater anfangen. Momentan habe ich ehrlich gesagt andere Pläne«, begehrte der frisch ernannte Butler auf.

»Du willst ja nicht in die Sauna gehen, sondern uns beaufsichtigen. Das hast du nun davon! Du hast deine Dienste angeboten und wir müssen schon ein bisschen üben, damit du deinen Job heute Abend gut machst und mir keine Klagen kommen. Und ab sofort bestehe ich darauf, dass du nur antwortest, wenn ich dich etwas frage. Haben Sie das verstanden Jonathan?« Susan zwang sich zu einem ernsten, herrischen Blick, obwohl ihr innerlich total nach Lachen zumute war. Malte hatte keine Ahnung, worauf er sich einließ.

»Jawohl, gnä' Frau! Aber mein Dienst als Butler beginnt erst mit Einbruch der Dunkelheit. Bis dahin habe ich noch ein paar Sachen in der Stadt zu erledigen. Solange werden Sie wohl ohne meine Dienste auskommen müssen.« Malte verneigte sich, deutete einen Handkuss an und machte auf dem Absatz kehrt.

∗∗∗

Ihre Freundinnen trudelten der Reihe nach ein. Erst als sie alle versammelt waren, schlug Susan den Tischgong, es war ein Erbstück ihrer Tante, das ein Comeback erlebte. Sofort öffnete sich die Küchentür und Malte erschien mit einem Tablett voller Gläser.

»Oh! Malte bedient uns! Huch!« Die Mädels brachen in albernes Gekicher aus. Fragend schauten sie Susan an.

»Liebe Mädels, da dies unser letzter gemeinsamer Abend in diesem Jahr ist, habe ich mir für unseren Themenabend etwas Besonderes ausgedacht. Malte wollte unbedingt den Service übernehmen und deshalb haben wir heute einen Butler, der uns stets zu Diensten sein wird. Nicht wahr, Jonathan?« Susan nickte ihm zu.

»Stets zu Diensten, die Damen. Zum Wohl!« Galant verneigte er sich vor jeder Einzelnen, servierte den Prosecco und verschwand anschließend lautlos nach nebenan.

»Also Susan, wieso hast du uns denn verschwiegen, dass Malte dabei ist. Wir wollten doch unter uns sein!« Emily hatte Fragezeichen im Gesicht.

»Er hat darauf bestanden, hierzubleiben. Er wollte nicht schon wieder weggeschickt werden, wie an Nikolaus. Und dann hat er angeboten, den Service zu übernehmen. Nun soll er mal sehen, was er davon hat.«

»Mir ist das irgendwie peinlich«, sagte Kim kaum hörbar.

»Weiß Malte eigentlich was ihn an diesem Abend erwartet?«, fragte June.

Susan wollte gerade zu einer Antwort ansetzen, als es noch einmal klingelte. »Nein! Er hat keine Ahnung«, rief sie und öffnete die Tür.

***

Vor ein paar Minuten hatte der Krimi angefangen, den Malte auf seinem Tablet in der Küche anschaute. Das übel zugerichtete Opfer wurde in Großaufnahme eingeblendet, als die Mädels nach ihm verlangten. *Verdammt,* dachte er. *Ausgerechnet jetzt!*

Das Gekicher verstummte schlagartig, als er die Türklinke herunterdrückte. Fünf, nein sechs, auf weihnachtlich gestylte Frauen, saßen rund um den Esstisch, der kaum noch Platz für Gläser ließ. Dann fingen sie alle auf einmal an zu reden.

»Nicht so schüchtern, Jonathan. Treten Sie ruhig näher.«

»Wir brauchen Ihren männlichen Rat!«

»Würde Ihnen das gefallen?«

»Psst Mädels, eine nach der anderen«, unterbrach Susan das Durcheinandergeplapper.

»Treten Sie näher Jonathan! Wie Sie sehen, wünschen die Damen Ihre fachkundige Beratung.« Susan grinste wenig engelhaft, obwohl die Mädels alle mit einem Heiligenschein auf dem Kopf vor diversen Spielzeugen saßen.

»Was wünschen die Damen?«, fragte er so cool wie möglich in die Runde und hätte beinahe den Prosecco über einen lebensechten Dildo gekippt.

»Jonathan! Bitte stellen Sie das Tablett ab und nehmen Sie den hier einmal in die Hand.« Emily drückte ihm einen pinkfarbenen Vibrator in die Hand und erklärte ihm die Funktionsweise. »Und jetzt schalten Sie bitte eine Stufe höher.« Sie stand auf, stellte sich vor Malte und forderte ihn auf, den Stab langsam über ihre Hüfte, Richtung Oberschenkel zu bewegen. Fragend blickte Emily zu Susan hinüber, die nickend ihr Einverständnis gab.

»Und hier haben wir das exklusive Fifty-Shades-of-Grey-Sortiment in der weihnachtlichen Geschenkbox.« Die *Dildodame*, wie die Mädels die Vorführdame nannten, ließ sich von Maltes Auftritt nicht irritieren. Sie war in ihrem Job wahrscheinlich einiges gewohnt. »Wer möchte denn diese exklusiven Toys einmal ausprobieren?«

Die Mädels schauten sich an, anscheinend trauten sie sich nicht so recht. Schließlich begann June vorsichtig und holte eine Augenbinde aus der Geschenkpackung.

»Jonathan, bitte seien Sie so gut und lassen Sie sich von mir die Augen verbinden. Ich möchte wissen, ob das albern aussieht bei einem Mann.«

»Stets zu Diensten«, presste Malte zwischen den Zähnen hervor. Sein Wortschatz schien sich momentan auf diese drei Wörter zu beschränken.

June ließ den schwarzen Satin durch ihre Hände gleiten, verknotete den Stoff sorgfältig am Hinterkopf und prüfte, ob er wirklich nichts mehr sehen konnte.

»Dann sollten wir die Handschellen auch einmal ausprobieren«, meinte Emily und schon klickte das Metall um Maltes Handgelenke.

»Hey Mädels, langsam hört der Spaß aber auf!«, begehrte Malte auf.

»Jonathan!«, sagte Susan streng, »Sie haben nur zu sprechen, wenn Sie gefragt werden.«

Malte wollte wieder protestieren, doch schon hielt Mia verschmitzt das Klebeband in die Höhe und zierte sich nicht, ihn damit zum Schweigen zu bringen.

»Und ich habe mich immer gefragt, was ein *Stummer Diener* ist«, bemerkte Kim in ihrer trockenen Art.

»Dann sollten wir jetzt aber doch auch noch diese kleine Peitsche testen!« Emilys Augen glänzen, als sie das Teil aus der Verpackung nahm, durch die Luft schwang und Susan mit aufforderndem Blick in die Hand drückte.

»Susan, was meinst du? Eine kleine Strafe hat er doch verdient, oder?« Erwartungsvoll sah Emily zu ihr hinüber.

»Denk nur mal an Nikolaus«, stimmte Kim zu.

»Das ist doch albern«, rief Lena empört, »da mache ich nicht mit!« Lena schaute Susan beschwörend an. Sie wusste ja nicht, was am Nikolaustag passiert war und wunderte sich über ihre Freundin, die zustimmend nickte.

»Wir sind ganz sanft«, klang es aus der Runde.

Susan merkte, dass die kleinen Racheteufelchen sie fest im Griff hatten. Sie nahm den *Flogger,* ließ ihn durch die Luft tanzen und schlug dann sanft zu. Die Schweißflecken unter Maltes Achseln entgingen ihr nicht, aber er zeigte keinerlei Reaktion. Das Szenario vom 6. Dezember hatte sie mehr als deutlich vor Augen, als sie noch einmal ausholte.

»Das ist genug Mädels!« Sie legte die Peitsche zurück und verbot den anderen Mädels, bei ihrem Mann davon Gebrauch zu machen. Die hatten an seinem knackigen Hintern nichts verloren. Liebevoll strich sie über Maltes Kehrseite. »Nun sind wir quitt«, flüsterte sie ihm dabei ins Ohr, entfernte die Augenbinde und die Handschellen.

»Danke Jonathan, Sie können sich jetzt entfernen.« Die Erleichterung stand Malte ins Gesicht geschrieben, als er sich umdrehte. »Ach halt, einen Moment noch.«

»Haben die Damen noch einen Wunsch?« Malte zwinkerte schon wieder, stellte Susan erleichtert fest.

»Danke Jonathan! Danke dir Malte, du warst großartig.« Susan zupfte an seinen Hosenträgern und entließ ihren privaten Diener mit einem leichten Kuss und der Aussicht auf den Krimi, den sie für ihn aufgenommen hatte.

»Und nun Mädels, lasst uns was Nettes aus dieser Spielesammlung kaufen und den Abend gemütlich ausklingen. Bester Stimmung verschwand eine nach der anderen in ein Nebenzimmer, wo die Dildodame die Bestellungen aufnahm. Malte war erstaunt, als Susan ihm das erzählte.

»Ach? Ich dachte, ihr seid so offen für alles. Aber wenn es um die Bestellung eines Toys geht, seid ihr plötzlich wieder schüchtern wie kleine Mädchen und keine darf wissen, was die andere gekauft hat? Versteh einer die Frauen!«

21. Dezember

Gutschein
für
ein himmlisches Konzert
heute um 19:00 Uhr

Angestrengt dachte Malte nach, ob Susan ihm in den letzten Wochen etwas von einem Konzert erzählt hatte. Er konnte sich nicht erinnern, aber ihm war aufgefallen, dass sie häufiger als sonst zu ihren Chorproben gegangen war. Malte war auf alles gefasst, als er den Gutschein aus dem Beutelchen holte.

In dem Säckchen fand er noch einen Schokoladenengel, einen Schlüsselanhänger mit einem Engelsflügel und einen Zettel, den Susan mit ihrer kindlichen Schrift eng beschrieben hatte.

Lächelnd überflog er die Zeilen und vergaß dabei, dass er sich fest vorgenommen hatte zu schmollen und Susan ein wenig schmoren lassen wollte.

***

Mein liebster Malte,
ja, du liest richtig. Für heute Abend möchte ich dich zu einem
Konzert entführen. Ein Konzert, bei dem ich nichts Anderes tun

werde, als neben dir in der Kirchenbank zu sitzen, deine Hand zu halten und himmlischen Klängen zu lauschen. Ich bin sicher, es wird dir gefallen, auch wenn das nicht die Art Musik ist, die wir sonst hören.

Schon seit Jahren haben wir eine CD des Musikers, die ich in der Weihnachtszeit rauf und runter spiele. Du hast sie auch schon oft gehört. Na, fällt dir ein, welche Musik es sein könnte? Die Musik ist den Engeln gewidmet und man hört Blockflöte und Harfe heraus.

Außerdem mein Schatz, finde ich, dass wir bis jetzt immer ganz viele Schutzengel um uns hatten. Denk einmal an unsere Bauphase, als du oben auf dem Dach am Werkeln warst und beinahe abgestürzt wärst. Ich bin so froh, dass nichts Schlimmes passiert ist und dass unser Haus so schön geworden ist und wir reichlich Platz haben. Auch wenn es uns viel Kraft und Nerven gekostet hat und unsere Liebe dadurch auf eine harte Probe gestellt worden ist. Mein Schatz, du bist ein Teil von mir, daran gibt es nichts zu rütteln. Der Schlüsselanhänger ist für deinen Hausschlüssel. Ich habe mir die andere Hälfte, also den zugehörigen Flügel geschenkt. Du weißt ja:

Wir sind alle Engel mit nur einem Flügel.
Um fliegen zu können, müssen wir uns umarmen.

Ich kann es kaum erwarten, endlich wieder mit dir abzuheben und zu fliegen.

***

Gerührt befestigte Malte den Schlüsselanhänger an seinem Schlüsselbund, nahm Susan in die Arme und flüsterte in ihr Haar: »Ich liebe dich, mein Engel, auch wenn du mitunter ein Teufelchen bist.«

22. Dezember

Gutschein
für
Ein gemeinsames Weihnachtsputzvergnügen
Beginn: Heute um 14:00 Uhr in der Küche!

»Weihnachtsputzvergnügen??? Wie soll ich mir denn das vorstellen?«

Malte zog ein Paar Gummihandschuhe und einen Putzlappen aus dem Adventssäckchen. »Es sieht doch schon alles ganz ordentlich und sauber aus.«

»Nein Malte, es gibt noch einiges zu tun. Denk daran, dass unsere Eltern am ersten Weihnachtstag zu Besuch kommen! Es wird ein Putzvergnügen, das verspreche ich dir!«

»Susan, du hast schon wieder diesen Blick …, ich soll aber doch nicht etwa …? Malte wechselte die Farbe, ihm wurde plötzlich ganz heiß.

»Was meinst du, was du nicht etwa solltest?«

»Nacktputzen???«

»Gute Idee! Das ich da nicht von alleine draufgekommen bin.« Susan gluckste vor Lachen. »Oh Malte, ich stelle mir das gerade vor. Du, ohne alles, nur mit dem Staubsauger bewaffnet. Du könntest notfalls … Ach nein, das geht nicht!«

»Das meinst du nicht ernst, Susan? Sag, dass du dich nur

über mich lustig machst. Ich werde mit Sicherheit nicht nackt putzen!«

»Ach Malte, beruhige dich. Das war deine Idee, nicht meine. Ich habe einen ganz anderen Putzplan, es ist alles bestens organisiert.«

***

»Was ist denn hier los? Spielst du den Tatortreiniger?«, fragte Malte irritiert. Susan war schon voll in ihrem Element, die Küche glänzte bereits und musste nur noch gewischt werden.

»Ich habe dir doch versprochen, dass es ein Vergnügen für dich wird«, rief sie ihm über die Schulter zu und stellte den Staubsauger aus.

»Du verrücktes Weib! Wo hast du das denn her?« Er betrachtete seine Frau, die von oben bis unten in einem weißen Schutzoverall steckte. Deutlich konnte er sehen, dass sie darunter so gut wie nichts anhatte.

»Den hatte ich mir für die Halloweenparty bestellt, zu der wir eingeladen waren und zu der wir dann doch nicht hingegangen sind, weil du zu erschöpft warst«, sagte Susan mit vorwurfsvollem Unterton.

»Steht dir ausgesprochen gut!« Malte ließ seinen Blick über Susans Rundungen schweifen, die unter dem weißen Gewebe recht gut zu erkennen waren. »Wie schön, dass wir damals nicht hingegangen sind und du den Overall jetzt viel sinnvoller nutzen kannst. Bei dem vielen Staub, den du aufwirbelst, ist das unbedingt erforderlich. Ich staune nur, dass du ohne Mundschutz arbeitest.« Spielerisch schnipste er einen nicht vorhandenen Fussel von ihrer Brust.

»Vorsicht mein Lieber. Sonst bearbeite ich dich mit dem Staubwedel.« Lachend holte sie einen sauberen Staubwedel hervor, der in das Sortiment der Dildodame gepasst hätte und staubte ihren Schatz ab.

»Darf ich auch mal?« Schon nahm er ihr das Teil aus der Hand und machte sich am Reißverschluss ihres Schutzanzugs zu schaffen.

»Klar, darfst du! Nur nicht bei mir. Und nun erkläre ich dir meinen Putzplan, damit du nicht auf dumme Gedanken kommst. Es sind ja nur noch zwei Tage, solange wirst du es doch wohl noch aushalten. Also …«

Susan versuchte ernsthaft, die Aufgaben zu verteilen. Das Wohnzimmer sollte als Weihnachtszimmer blitzblank und gemütlich werden. Bei den anderen Räumen war sie etwas großzügiger.

»Und was soll ich jetzt machen?«

»Erstmal kannst du alles, was hier nicht hingehört, wegräumen. Dann ist das Gäste-WC dein Bereich und fürs Kaffeekochen zwischendurch bist du auch zuständig. Außerdem kannst du gleich mal die Mistelzweige über der Tür aufhängen.« Susan zeigte auf ein Körbchen in der Ecke.

»Und wofür soll das gut sein, mit den Zweigen?«

»Für unsere Liebe mein Schatz!« Fröhlich wischte Susan über die Glasböden der Vitrine. Sie spürte, dass Malte sie beobachtete, und war sich ihrer Wirkung bewusst. Mit Bedacht hatte sie den winzigsten String unter dem Putzanzug angezogen.

»Für die Liebe? Das hat bisher doch auch ohne Mistelzweige ganz gut funktioniert«, scherzte er, wobei sein Blick zwischen ihrem wippenden Pferdeschwanz und ihrem Po hin und her wanderte.

»Wenn ein Liebespaar sich unter Mistelzweigen küsst, soll das ewige Liebe bringen.« Susan drehte sich um und setzte zu einer weiteren Erklärung an. »Vermutlich geht der Brauch auf eine alte nordische Göttersage zurück, nach der Baldur, der Lichtgott, mit einem Mistelholzpfeil getötet wurde. Freya, die Göttin der Liebe und der Ehe, nahm daraufhin die Mistel für immer in Verwahrung, um künftiges Unheil zu verhindern. Es ist also ein Sieg der Liebe.«

»Was hab ich doch für eine kluge Frau.« Malte hielt den Zweig mit den kleinen weißen Beeren in den Händen und bemerkte, dass Susans Füße in sattem Weihnachtsrot lackiert waren und ihr Mund in der gleichen Farbe leuchtete.

»Also, husch, husch an die Arbeit!«

So schnell konnte sie ihn in die Wirklichkeit zurückholen. Malte suchte sich sein Werkzeug zusammen, kletterte auf einen Stuhl und befestigte diesen Wunderzweig über der Wohnzimmertür. Er brauchte ziemlich lange für diese Aufgabe, weil sein Blick immer wieder abgelenkt wurde und er mit seinen Gedanken nicht ganz bei der Sache war.

»Schau mal Susan«, rief er, als er fertig war. »Ist es so recht? Hängt er eventuell zu tief oder zu hoch?« Er winkte sie zu sich heran, sie sollte sich sein Werk aus nächster Nähe ansehen.

Susan stellte sich in den Türbogen, die Höhe war okay. Bevor sie jedoch etwas sagen konnte, hatte Malte seine Arme um sie geschlungen, zog sie an sich und küsste ihren roten Mund.

»Zählt der Kuss auch schon?«, wollte er wissen. »Oder gilt das mit dem Küssen unter dem Mistelzweig erst zu Weihnachten?«

»Streng genommen ...«, setzte Susan zu einer Antwort an und wurde durch einen weiteren Kuss unterbrochen.

»Ewige Liebe«, flüsterte sie. Der Schutzanzug gab ihr den nötigen Schutz, um nicht auf der Stelle Liebe unterm Mistelzweig zu machen.

»Kaffeepause«, stieß Malte atemlos hervor, als er sich von seiner Frau löste und war überzeugt von der Wirksamkeit des Brauchtums.

23. Dezember

Kein Gutschein

Heute müssen wir den Baum aufstellen!

Susan musste laut lachen, als sie Maltes langes Gesicht sah, der erwartungsvoll den mit Tannenbäumen bemalten Zettel auseinanderfaltete.

»Du hast dich wohl schon an meine Überraschungen gewöhnt?«

»Susan, ich liebe deine Gutscheine, ich weiß gar nicht, wie ich den Rest des Jahres ohne sie auskommen soll.« Malte legte den Zettel beiseite und zog ein kleines Päckchen und einen Schokoladentannenbaum aus dem Beutel.

Amüsiert beobachtete Susan ihn, wie er das Päckchen befühlte und herauszufinden versuchte, was wohl darin sein könnte.

»Es fühlt sich weich an. Ist es etwas zum Anziehen?«

»Mach's doch auf!« Susan grinste. Sie war auf Maltes Gesicht gespannt.

Vorsichtig entfernte er das Geschenkpapier und wickelte ein kleines Stückchen weißen Stoff, mit rotem und grünen Muster aus.

»Ich konnte einfach nicht widerstehen, als ich die gesehen

habe. Ich musste sie kaufen. Ist sie nicht süß? Zieh sie doch gleich mal an, Malte!«

»Ich glaube, dich hat das Weihnachtsfieber geschüttelt! Also Susan, eine Unterhose?!« Auf Armeslänge hielt Malte die Boxershorts von sich und blieb mit seinem Blick auf dem Weihnachtsbaum hängen, der in der Mitte der Vorderseite prangte. Er war fast so sprachlos, wie der Weihnachtselch im Flur.

»Unterhosen sind als Geschenk tabu, das hatten wir doch schon mal besprochen. Genauso wie Socken. Susan du bist unmöglich.« Malte betrachtete nun die Rückseite und brach in schallendes Gelächter aus. Auf jeder Hälfte war eine dicke, rote Weihnachtskugel gedruckt.

»Was hast du dir denn dabei gedacht???« Malte stieg aus seiner Jeans und schlüpfte in die Boxershorts.

»Der Tannenbaum ist optimal platziert.« Susan betrachtete ihren Mann mit einem Blick, der verriet, dass sie nur schwer der Versuchung widerstehen konnte, ihn nicht unsittlich zu berühren. »Passt doch perfekt! Oben der Tannenbaum und darunter verborgen, dein Ständer!« Susan juchzte und wollte sich wohl schlapplachen über ihren Witz.

»Na los, dann lass uns jetzt den Baum aufstellen. Schmücken werde ich ihn dann heute Abend. Und du darfst ihn vor Heiligabend nicht sehen. Okay? Es soll eine Überraschung werden.« Susan umkreiste Malte und klatschte zufrieden auf eine der knalligen Weihnachtskugeln auf seinem Hintern.

»Autsch! Ich wusste doch, dass du dir etwas dabei gedacht hast!«

Gemeinsam hievten sie den Baum in den Ständer und Susan schleppte die Kartons mit der Deko an. Als Malte anfing, gutgemeinte Tipps zu geben, wie sie die Lichterketten zu befestigen hätte, verbannte sie ihn aus dem Wohnzimmer.

»Einmal werden wir noch wach, Heißa dann ist Weihnachtstag!«, hörte sie ihn nebenan singen.

Heiligabend

Frohe Weihnachten!

Das Fest der Liebe erwartet uns!

Wieder kein Gutschein! Das letzte befüllte Säckchen, mit der dicken roten Vierundzwanzig darauf, baumelte noch am Adventskalender. *Morgen ist es mit den Überraschungen vorbei,* dachte Malte, *so einen Kalender hätte ich eigentlich gern das ganze Jahr über.* Vorsichtig holte er ein winziges Päckchen hervor und einen Schokostern in goldglänzender Folie.

Susan blätterte in der Tageszeitung und beobachtete ihren Liebsten. Was er wohl zu der Kleinigkeit sagen würde?

Malte öffnete eine mit Herzen verzierte Streichholzschachtel. »Ein Schlüssel?« Irritiert schaute er Susan an. Er konnte keinen Brief mit einer Erklärung dazu entdecken.

»Da kommst du nie drauf, wofür der ist!« Schon in Weihnachtsstimmung und mit ihrem süßesten Lächeln strahle sie ihn an und ließ ihn raten.

»Bekomme ich den Gegenstand zu dem Schlüssel vom Christkind als Geschenk?«

Susan nickte.

»Ist es etwas aus Metall?«

Wieder nickte Susan.

»Ich glaube, dann weiß ich es!« Triumphierend schaute er sie an. »Du hast bei dem letzten Mädelsabend Handschellen gekauft. Stimmt's?«

Susan hatte darauf getippt, dass er das sagen würde, und antwortete mit einem geheimnisvollen: »Vielleicht.«

Malte gab auf. Er wusste, dass sie ihm nicht mehr verraten würde.

»Als ich noch ein Kind war, habe ich jedes Jahr an Heiligabend die Sendung: *Wir warten aufs Christkind* angeschaut. Die Zeit bis zur Bescherung kam mir unendlich lang vor. Am liebsten würde ich das heute auch wieder machen. Ich kann's kaum erwarten, Susan.«

»Du kannst im Garten noch die Meisenknödel aufhängen und Vogelfutter nachfüllen.« Es war ziemlich kalt geworden und der Himmel war grau. »Die Vögel sollen doch auch ein Festmahl bekommen!«

***

»Ich habe die ganze Zeit über das Gefühl, dass ich etwas Wichtiges vergessen habe.« Susan stiefelte neben Malte durch den Winterabend. Wie in jedem Jahr gingen sie am Nachmittag zur Christvesper in die Kirche. Hand in Hand liefen sie durch die eisige Kälte, dem Glockengeläut entgegen.

»Du hast bestimmt nichts vergessen, meine Süße. Aber mir geht es ganz ähnlich. Ich glaube, das liegt daran, dass wir zum ersten Mal den Heiligabend für uns allein, ohne Verwandtschaft, feiern.« Er sah Susan mit einem Augenzwinkern an und fügte hinzu: »Ist doch echt lieb von unseren Eltern, dass sie uns den Heiligabend geschenkt haben.«

»Ja!«, stimmte Susan ihm zu. Sie erinnerte sich an die Worte, als Maltes Eltern ihnen vorgeschlagen hatten, den Heiligen Abend ohne Verwandtschaft zu feiern. *Kinder, es ist das Fest der Liebe! Erfüllt das Haus mit Liebe, genießt es auf eure Weise. Wir kommen gern am ersten Weihnachtstag,* hatten sie gesagt und sich dabei verliebt angeschaut. *Alter schützt auch vor Liebe nicht,* dachte Susan und stellte sich vor, wie es wohl wäre … Ob sie sich in dreißig Jahren auch noch so verliebt ansehen würden?

Als das Lied *Stille Nacht, Heilige Nacht* in der Kirche verklungen war, verließen Malte und Susan fast fluchtartig die Kirche. Sie wollten dem anschließenden Händeschütteln und den Weihnachtswünschen entkommen und hatten es eilig, die Lichter am Baum anzuzünden und sich zu beschenken.

***

Die besinnliche Stimmung wich fröhlicher Ausgelassenheit, als es tatsächlich anfing zu schneien. Feine Eiskristalle setzten sich auf Kragen und Mütze und bedeckten schon nach kurzer Zeit die Erde mit einer dünnen weißen Schicht.

»Schneeflöckchen, Weißröckchen …«, fing Susan an zu singen und stieg schon bald auf die eigene Version um.

»Oh Malte, mein Malte, wann ist es soweit, ich will nicht mehr warten, es ist an der Zeit.« Sie erfand immer neue Strophen und schmiegte sich an ihren Liebsten.

»Gleich, mein Schatz«, flüsterte er in ihr Ohr und leckte eine Schneeflocke aus ihrer Ohrmuschel. »Aber erst machen wir Bescherung, solange wirst du es wohl noch aushalten!«, sagte Malte und schloss die Haustür auf. Der Riesenelch im Eingang schien zu grinsen. Auch er war erleuchtet und mit einem Glöckchen verziert.

»Schöne Bescherung!«, seufzte Susan. Ihr Mantel hing kaum an der Garderobe, als Malte sie auf den Arm nahm, unter dem Mistelzweig im Türbogen abstellte und ihr sämtliche Schneeflocken aus dem Gesicht küsste. Ihre Blicke verfingen sich ineinander und ihre Lippen flüsterten das *Frohe Weihnachten* küssend in den Mund des anderen.

»Wirklich ein schöner Brauch!«, stellten Malte und Susan zwischen den Umarmungen immer wieder fest und ließen noch viele Küsse folgen.

»Was gibt's eigentlich zu essen?«, fragte Malte in einer Kusspause völlig unromantisch. »Unser Traditionsessen?«

»Hmm«, murmelte Susan, strich sich das Kleid zurecht, hauchte Malte noch einen Kuss auf die Wange und erinnerte an die alten Gepflogenheiten, sich zur Bescherung festlich herauszuputzen.

»Mach dich ein bisschen frisch, du siehst reichlich wild und verwegen aus. Ich bereite noch eine Kleinigkeit vor. Und dann machen wir zuerst Bescherung und anschließend gibt es, wie in jedem Jahr, meinen weltbesten Kartoffelsalat mit Würstchen.«

»Ich *bin* wild und verwegen, und frisch bin ich auch!«, widersprach Malte und trollte sich davon.

***

»Und du darfst erst hereinkommen, wenn das Glöckchen läutet!«

Als das Glöckchen klingelte und Malte seine Susan unterm Weihnachtsbaum stehen sah, verschlug es ihm die Sprache. Sie sah wunderschön aus mit ihren langen dunklen Locken, die ihr bis über die Schulter fielen und in denen kleine Sternchen funkelten.

»Susan …«, stammelte Malte und seine Hand zitterte, als sie ihm ein Glas Rotwein reichte. Der Wein hatte die gleiche Farbe wie ihr elegantes, klassisches Etuikleid.

»Malte …, unser erstes Weihnachten in diesem Haus.« Verstohlen suchte Susan nach einem Taschentuch, doch Malte küsste ihr die Träne weg.

»Auf das Fest der Liebe!« Malte hob sein Glas und wünschte seinem Schatz *Gesegnete Weihnachten*. »Und jetzt gibt's Geschenke!« Schnell verschwand er in sein Arbeitszimmer und kam mit einem unförmigen Riesenpaket zurück.

»Was schleppst du denn da an?«

Malte grinste sein Honigkuchenpferdgrinsen und stellte ihr das Packpapiermonster vor die Füße. Eine dicke rote Schleife hatte er als einzige Verzierung darumgebunden.

»Ja los, mach's auf!«

Susan hob es hoch, es war ganz schön schwer. Ungeduldig riss sie die Verpackung auf. »Ein Schlitten???«

»Das ist nicht irgendein Schlitten, liebe Susan. Das ist *mein* alter Kinderschlitten! Für dich habe ich ihn auf Hochglanz poliert und richtig aufgemotzt! Hier sieh mal, ich habe sogar eine Hupe angebracht. Drück mal darauf!« Malte strahlte, so sprachlos hatte er Susan schon lange nicht mehr gesehen.

Susan drückte auf die Hupe und dann hielten sich beide die Bäuche vor Lachen. Die Tröte klang wie ein röhrender Elch, vielleicht war es aber auch ein Hirsch.

»Oh Malte! Was soll ich denn damit? Obwohl …, es fängt ja jetzt an zu schneien. Willst du mit diesem Schlitten die Kutschfahrt mit mir machen, die ich mir schon so lange wünsche?« Fragend sah sie ihn an, aber Malte sagte nichts. »Und dann machst du mir später den Elch???« Susan kicherte und es funkelte nicht nur der Weihnachtsglanz in ihren Augen.

»Vielleicht! Aber schau doch mal genau hin, da hängt ja noch etwas dran.«

Nun sah Susan es auch, sie öffnete den Briefumschlag und hielt einen Gutschein für eine Schlitten- oder Kutschfahrt für zwei Personen in der Hand. Freudestrahlend fiel sie ihrem Schatz um den Hals, mit Tränen in den Augen.

»Du willst wirklich in diesem Winter eine Schlittenfahrt durch eine Schneelandschaft mit mir machen, so wie ich mir das schon so lange wünsche??? Malte, ich liebe dich!«

»Lieber Malte, ich habe auch ein Geschenk für dich.« Susan rückte mit einem ähnlich großen Paket an, praktischer-

131

weise unverpackt, nur mit einer riesigen roten Schleife am Griff. Kichernd gestand sie Malte, dass sie ursprünglich vorhatte, sich die Schleife um den Bauch zu binden, als einziges Kleidungsstück. »Das war mir dann aber doch etwas zu albern, an Weihnachten mag ich es lieber stilvoll und festlich«, betonte sie.

»Endlich ein neuer Koffer, das ist ja toll! Dann ist der Schlüssel bestimmt dafür. Sofort versuchte er, den Schlüssel ins Schloss zu stecken. So oft er es auch versuchte, der Schlüssel passte nicht. Der Trolley war nicht einmal abgeschlossen, merkte er nach einigen vergeblichen Versuchen und fand in den Innentaschen zwei weitere, liebevoll verpackte Kleinigkeiten.

»Du bist aber erst wieder dran, Susan. Sieh mal, da ist noch ein Geschenk für dich.«

Susan strahlte und wickelte einen langen weichen Schal, eine dazu passende Mütze mit Fellbommel und einen zauberhaften Muff aus. *Damit du immer warme Hände hast! – Für mein Rentiermädchen*, stand auf dem Anhänger, der daran baumelte.

»Danke!«, flüsterte Susan.

Sie zeigte auf die Geschenke, die noch auf Malte warteten und vergrub ihre Hände in dem Muff. Er fing mit dem kleineren Päckchen an, es war schwer und passte locker in seine Männerhand. Zum Vorschein kam ein rotes Vorhängeschloss in Herzform.

»Ein Liebesschloss!« Malte drehte es in seinen Händen und entdeckte die Gravur.

»Und sogar mit einem Spruch darauf! *Malte und Susan – als Erinnerung an das Fest der Liebe.*« Malte probierte noch einmal den Schlüssel und dieses Mal passte er. Gerührt murmelte er unverständliche Kosenamen. »Wo wollen wir das denn abringen? Hast du schon eine Idee?«

»Das bleibt am besten solange im Koffer, bis wir mal wieder verreisen. Und dann suchen wir einen schönen Platz für unser Liebesschloss und kommen immer wieder an den Ort zurück.«

»Susan, du bist wirklich ein Engel! Vielleicht können wir im Frühjahr für ein paar Tage nach Norderney fahren? Das wäre doch der ideale Ort, für unser Herzensschloss. In der Nähe der *Weißen Düne* finden wir bestimmt einen guten Platz dafür.« Fragend sah er Susan an und wusste sofort, dass sie einverstanden war. Auf der Insel hatten sie sich vor Jahren kennengelernt und beim Strandspaziergang ineinander verliebt.

Susan nickte und zeigte auf sein letztes Geschenk. »Und nun mach endlich das andere Geschenk auf! Ich kann es schon gar nicht mehr abwarten.« Susan klatsche in die Hände und Malte wickelte etwas aus, das die Fragezeichen in seinen Augen wieder blinken ließ.

»Eine Fernbedienung??? Wir haben doch eine für alles!« Ratlos sah er Susan an, die jetzt mit geröteten Wangen vor ihm stand.

»Drück doch mal drauf, probier sie aus! Aber vorsichtig. Fang mit dem ersten Programm an!«

Malte tippte auf den Knopf, nichts geschah. Fast nichts. »Oh!«, juchzte Susan. »Stufe zwei bitte!« Verständnislos ging er auf die Zwei und Susans *Oh* ging in ein leises Stöhnen über. Langsam dämmerte ihm, was er da in der Hand hielt.

»Susan. Ist das etwa ein Spielzeug, das du beim Mädelsabend gekauft hast?«, fragte Malte und zog seine Liebste eng an sich.

»Willst du es nicht suchen?«, fragte sie und führte seine Hand an die Stelle, wo er es finden konnte.

»Wir haben doch nicht Ostern«, entgegnete Malte mit rauer Stimme. Seine Hand war schon suchend unter Susans Kleid verschwunden. Er tastete die Spitze ihrer halterlosen Strümpfe, fühlte ihre Rundungen, die er so sehr liebte und drückte auf Stufe fünf des neuen Spielzeugs.

»Malte, meine Malte, ich bin schon so weit«, trällerte Susan zwischen den Vibrationen, die ihre sehnsüchtige Mitte in

Aufruhr versetzten. Sie schmiegte sich an Malte, knöpfte sein Hemd und seine Hose auf und wanderte mit ihren Küssen an seinem Körper hinab. Leise sagte sie: »Lass uns Liebe machen, Malte.«

Und sie machten Liebe, den ganzen langen Weihnachtsabend und die halbe Nacht. Frühmorgens lagen sie immer noch ineinander verschlungen im Bett und knäulten sich gar nicht erst auseinander.

Die Liebe war eingekehrt in das neue Haus, der Weihnachtssegen hatte die beiden voll erwischt. Malte stelle das Sammelglas mit den Adventsgutscheinen demonstrativ auf die Kommode im Schlafzimmer und freute sich immer wieder aufs Neue über die verrückten und frivolen Ideen seiner Frau.

1. Weihnachtstag

»Die Barbarazweige blühen ja! Wie wunderschön!«, rief Maltes Mutter überschwänglich. Sie hatte es sofort beim Eintreten bemerkt und klopfte Susan anerkennend auf die Schulter. »Wie hast du das denn geschafft? Bei mir wird das meist nie was, jedenfalls nicht pünktlich zum Fest. Ach ja …, Frohe Weihnachten!«

»Susan hat eben ein Händchen dafür und bringt alles zum Blühen«, kam Malte seiner Frau zuvor und zwinkerte seinem Vater zu.

»Scheint viel gute Energie zu haben, euer Haus.«

Weiter kamen sie nicht, denn es klingelte schon wieder. Nach und nach trudelten Susans Eltern und ihre Geschwister mit den Kindern ein. Das Haus wurde voll und es gab wieder eine Bescherung. Die Kinder waren vor Freude aus dem Häuschen, als sie Susans Schlitten entdeckten und mussten ihn gleich ausprobieren. Besonders die Hupe hatte es ihnen angetan, das Geräusch des röhrenden Elchs vermischte sich schon bald mit der Weihnachtsmusik.

Susan und Malte sahen sich immer wieder verstohlen an, suchten die Nähe zueinander, berührten sich, so oft es ging, und flüsterten miteinander, wenn sie glaubten, dass es keiner merken würde.

Nachdem alle anderen ihre Geschenke ausgepackt hatten, bekamen Malte und Susan von den Eltern ihre Weihnachtsgeschenke. Wieder einmal waren es Gutscheine.

»Gutscheine, Gutscheine, Gutscheine sind gut …«, trällerte Susan zu der Melodie von Jinglebells. Wie gut sie waren, stelle sich heraus, als Malte vorlas, was auf dem von seinen Eltern stand.

✳ · ♥ · ✳ · ♥ · ✳ · ♥ · ✳ · ♥ · ✳ · ♥ · ✳ · ♥ · ✳ ·

Gutschein

Eine Ballonfahrt für Malte und Susan!

✳ · ♥ · ✳ · ♥ · ✳ · ♥ · ✳ · ♥ · ✳ · ♥ · ✳ · ♥ · ✳ ·

»Wirklich?«, fragte Malte. Er war sichtlich gerührt, drückte Susans Hand und zwinkerte ihr zu.

»Eine Ballonfahrt hast du dir doch schon als kleiner Junge gewünscht, die wollten wir dir immer schon mal schenken«, sagte seine Mutter und verteilte Luftballons an die Kinder. »Und ihr Zwei habt in diesem Jahr so schwer geschuftet, wir hatten uns schon Sorgen um dich gemacht, mein Junge. Geht mit dem Ballon in die Luft und seht euch euer Haus mal von oben an.« Sie tätschelte ihrem Sohn mütterlich die Wange.

Als Malte sich wieder gefasst hatte, gab es von Susans Eltern auch noch einen Gutschein.

✳ · ♥ · ✳ · ♥ · ✳ · ♥ · ✳ · ♥ · ✳ · ♥ · ✳ · ♥ · ✳ ·

Gutschein

Winterurlaub in einem gemütlichen Wellnesshotel im Allgäu
Reisezeitraum: vom 29. Dezember bis zum 05. Januar

✳ · ♥ · ✳ · ♥ · ✳ · ♥ · ✳ · ♥ · ✳ · ♥ · ✳ · ♥ · ✳ ·

»Mama, Papa, ihr seid ja verrückt! Das habe ich mir schon immer gewünscht!« Susan fiel ihren Eltern um den Hals und wieder glitzerten ein paar Tränen in ihren Augen. »Malte, hast du davon gewusst?« Ungläubig schaute sie von einem zum anderen.

»Aber sicher mein Schatz, ich musste meinen Urlaub doch entsprechend eintragen. Und der Termin für die Schlittenfahrt ist auch schon gebucht.« Susan wickelte eine Haarsträhne um den Finger und sah Malte mit großen Augen an.

»Silvester, mein Engel! An Silvester fahren wir beide, warm eingemummelt auf einem Schlitten, durch die zauberhafte Winterlandschaft des Allgäu.«

Immer noch sprachlos schaute Susan ihn an und schmunzelte, als Malte ihr kaum merklich zunickte. Sein Blick schien zu sagen, dass er ihr nach der Schlittenfahrt den Elch machen würde.

Aus dem Flur hörten sie plötzlich das Röhren der Elchhupe. Als sie nachschauten, war niemand dort zu sehen, außer dem hölzernen Rentier neben der Tür.

»Vielleicht habe ich wieder ein Glas Punsch zu viel getrunken«, kicherte Susan. »Aber ich hätte schwören können, das Rentier hat mir zugezwinkert.«

»Ich glaube, mich knutscht ein Elch!«

Ende

Wie's weitergeht, wollt Ihr wissen ...?

Denkt euch, ich habe die Liebe gesehen!

Denkt euch, ich habe die Liebe gesehen!
Sie kehrte bei uns ein, es war wunderschön.
Mit vielen, vielen Küssen.

Sie war verschwunden, es tat so weh.
Ich hab' sie gelockt, es war gar schwer,
auf leisen Sohlen kam sie plötzlich daher.

Wie's weitergeht, möchtet Ihr wissen?
Ihr Naseweise, Ihr Schelmenpack –
Das neue Jahr ist wie ein gut gefüllter Sack.

Rosarot, und zugebunden bis oben hin!
Doch war gewiss etwas Schönes darin,
es roch so nach Geborgenheit, Liebe und Küssen.

(Rita Roth)

Entstanden ist es nach dem Gedicht:
Denkt Euch, ich habe das Christkind gesehen.
(Anne Ritter, 1865-1921)

Hier das Original:

Vom Christkind

Denkt euch, ich habe das Christkind gesehen!
Es kam aus dem Walde, das Mützchen voll Schnee,
mit rotgefrorenem Näschen.

Die kleinen Hände taten ihm weh,
denn es trug einen Sack, der war gar schwer,
schleppte und polterte hinter ihm her.

Was drin war, möchtet ihr wissen?
Ihr Naseweise, ihr Schelmenpack-
denkt ihr, er wäre offen, der Sack?

Zugebunden, bis oben hin!
Doch war gewiss etwas Schönes drin!
Es roch so nach Äpfeln und Nüssen!

(Anne Ritter, 1865-1921)

Neues Jahr – Neues Glück!

Susan und Malte erlebten einen Winterurlaub, dessen Kälte, Eis und Schnee ihnen nichts anhaben konnten. Woran das lag, liebe Leserinnen und Leser, können Sie sich wahrscheinlich selbst am besten ausmalen.

***

Der Besuch am Dreikönigsfest am 6. Januar, bei Susans Freundin Lena, musste leider wegen Glatteis ausfallen. Stattdessen telefonierten die beiden lange miteinander. Lena versuchte mit allen Tricks, pikante Einzelheiten aus Susan herauszukitzeln. Doch Susan hüllte sich mehr oder weniger in Schweigen und erzählte Lena nicht von dem Fotoshooting am zweiten Feiertag unterm Weihnachtsbaum, bei dem sie nur mit einer Schleife bekleidet, in Maltes neuem Koffer posiert hatte.

Susan schwärmte Lena von dem Wellnesshotel und der Kutschfahrt am Silvesterabend vor. Aber auch von dem gigantischen Sternenhimmel, der eisigen Kälte, dem heißen Punsch und dem Feuerwerk. Und sie versicherte ihrer Freundin, dass sie den *Rote-Socken-Schwur* eingehalten hätte. Die rote Socke würde sie zum Osterbasteln wieder mitbringen.

***

Als sie sich kurz vor Ostern trafen, verkündete Susan, dass sie für das nächste Weihnachtsfest zwei Adventskalender basteln wollte, und strich sich über ihren kleinen Mamabauch.

Frohe Weihnachten und
ein glückliches neues Jahr

Rita Roth

Weitere Romane von Rita Roth

Mirabella –
Männer, Muse & Meer

Sternschnuppenküsse –
Eine Auszeit im Allgäu

Sanddornküsse & Meer